あなたの事が好きなわたしを
推してくれますか？
Anata no Koto ga Suki na
Watashi wo Oshite Kuremasuka?

ケイのゲーム実況！
本当に私
大好き
なんですよ！

推しのアイドル
雪《ゆき》奈《な》のぞみ

トップアイドルグループ『@ngeL25《アンヘル》』に所属する大人気メンバー。歌唱力やダンスなどのパフォーマンスに定評があり、普段はクールな雰囲気だが推しを前にすると……

あなたの事が好きなクラスメート
雪奈《ゆきな》望美《のぞみ》
「こ、これってまさか運命!?
あ、そう思ったらまたうれしくて、
ふわあああぁ……どうしよう!?
目の前に本物のケーくんがいるとか
最高すぎる……!」

わ……実は前……

わたしファ……

わたしな……

推しな……

けど……

んすわ！

推しのVTuber
堕天院マリエル

登録者百万人超えの大人気VTuber。ゲームにハマりすぎたため天界を追い出された堕天使という設定で、ビジュアルは巨乳なお姉さんだが中の人は……

「もっとこう幼馴染としての私を見てほしいというか……！」
あなたの事が好きな幼馴染
西園寺芹香《さいおんじせりか》

推しの**コスプレイヤー**
サナ

SNSのフォロワー数三十万人超えの大人気コスプレイヤー。本人が小柄なこともあり衣装は可愛い系が多い。休止中だったコスプレ活動を再開したのは兄のためらしく……

「はやく口開けて。あ、あーん」
あなたの事が好きな妹
天宮紗菜《あまみやさな》

推し

あなたの事が好きなわたしを推してくれますか？

Anata no Koto ga **Suki** na **Watashi** wo **Oshite** Kuremasuka?

CONTENTS

あなたの事が好きなわたしを推してくれますか？

恵比須清司

ファンタジア文庫

3309

口絵・本文イラスト　ひげ猫

あなたの事が好きなわたしを推してくれますか？

Anata no Koto ga Suki na Watashi wo Oshite Kuremasuka?

恵比須清司
Seiji Ebisu

イラスト／ひげ猫
Higeneko

プロローグ

憧れの武道館でのライブ当日、私は控室のすみっこで一人縮こまっていた。

ライブ前の緊張は、今でも相変わらずやってくる。

ううん、むしろデビューしたての頃よりも、今の方がずっと緊張してる気がする。

歌が好きで、踊るのも好きで、だからこそ最高のパフォーマンスを魅《み》せなきゃっていう想《おも》いが、どんどん強くなっていって。

そのことが嫌だってわけじゃ全然ないんだけど、それでもなんていうか……、そう、不安になってしまうことが最近多くなってる気がする。

「もうすぐ、本番なのにな……」

私は沈んだ声でそう呟《つぶや》きながらも、バッグからスマホを取り出す。

こういう時に私がとる対処法は、たった一つしかない。

「……ふふ」

自然と笑みがこぼれ、心がスッと軽くなるのを感じる。

『推し』の動画を見る——ただそれだけで、頭の中がふわふわした幸せに包まれていくのがわかった。

「のぞみー。そろそろ時間——って、またあんたはそんなすみっこで……」

そうやって夢中で動画を見ていたら、控室のドアが開いて同じグループメンバーの花梨《かりん》ちゃんが入ってきた。

「また動画見てたのね。のぞみってほんと、そのチャンネル好きだね」

近づいて私の手元をのぞき込み、呆《あき》れたように笑う花梨ちゃん。

私が素直に頷《うなず》くと、花梨ちゃんはやれやれと苦笑して肩をすくめる。

「あんたの推しだっけ？　そのチャンネル。再生数とか一桁なのに、まさかトップアイドルの『ゆき』に推されてるとか思わないだろうね」

「再生数とか関係ない。いいものはいいんだから」

「ごめんごめん、悪いって言ってるわけじゃなくてさ。そういやなんだっけ？　そのチャンネルの名前。確かなんとかのゲーム実況とか……」

「もう、何度も言ったのに憶《おぼ》えてないの？　これは——」

私は胸を張って、大好きな推しの名前を口にする。

その時にはもう、さっきまでの不安は私の中からきれいに消え去っていたのだった。

第一章　同級生でアイドルだけど推してもいいですか？

――じゃあ今日も『ケイのゲーム実況』やっていきまーす。

「よし、ちゃんとアップされてるな」

俺はスマホを眺めながらそう呟き、うんうんと頷いた。

昨日の晩に作成した動画を今朝公開されるよう設定しておいたのだが、ちゃんと無事にアップロードされているようだ。

とりあえず確認は済んだので、俺はそのまま一限目が始まるまで適当に最新ゲームの情報でもあさろうと思っていたが、

「あ、『ゆき』だ！」「『ゆき』ちゃん、おはよー」「お、『ゆき』が登校してくるとか、今日はラッキーデーか？」「やっぱ『ゆき』可愛《かわい》いよな……」

その時、不意に教室内が騒然とし、俺は聞こえてきた『ゆき』という言葉にバッと顔を上げ、入口の方を見た。

「………………！」

瞬間、俺はそこにいた少女の姿に釘付《くぎづ》けになる。

つやのある長い黒髪。均整がとれているのに出るところはしっかり出ているボディに、そこから伸びるすらっとした手足。非の打ち所がないくらい整った顔立ちと、そこにわずかに浮かんだクールな微笑。そしてなにより全身から出る、一般人とはまるで違う特別な雰囲気のオーラ。

雪奈《ゆきな》のぞみ——通称『ゆき』。

トップアイドルグループ『アンヘル』こと『@ｎｇｅＬ25』のメンバーにして、その中でも人気ＴＯＰ5を意味する通称『五大天使』の筆頭。

抜群の歌唱力の持ち主で、ダンスのキレもすごい。この前の武道館でのライブなんて半ば伝説にもなっていて、あのパフォーマンスはまさに圧巻だった。

アイドルでありながらアーティスト的な側面の方が色濃いという天才肌なのに、一方でトーク番組とかではちょい天然なところも見せたりしてそのギャップがまたすごく可愛いし、最近ではソロでＣＭにも出まくっていて、まさに今をきらめく神アイドルだ。

——そして、俺こと天宮啓太郎《あまみやけいたろう》の最『推し』でもある。

さて、そんなすごい人物がどうして今この教室に現れたのかというと、答えは簡単、彼女が俺のクラスメートだからだ。

……いやぁ、今更だけど、あのゆきとクラスメートとかマジでヤバくないか？

うちの学校は芸能人の受け入れとかもやっていてその関係らしいんだが、俺がそのことを知ったのは入学した後だった。

単に家から近かったのと偏差値の関係でここを選んだんだけど、同じ一年にアイドルがいるという噂《うわさ》を聞いたのが、ゆきを知ったキッカケだ。

最初は軽い気持ちだった。ある時ふと思い出して「そういえば同学年にアイドルがいるんだっけ？」と何気なく検索してみたのが全ての始まりってやつだ。

俺は根っからのオタクだが、それまではアイドルなんかのいわゆる三次元の分野には興味がなく「アイドル？　三次元とかどうでもいいけど、まあ一応？」ってな感じのテンションだったんだが、ゆきが歌ってる動画を見た瞬間、本当に雷が直撃したかのような衝撃を受けたのを今でもハッキリ憶えている。

どこまでも透き通っていながら、それでいて心に深く染《し》み入ってくるような歌声。

ステージの上で、まさに天使のように輝くゆきの姿。

なにからなにまでが衝撃的で、俺はそれ以降、むさぼるようにアンヘルの歌を聴きまくることになる。そうして間もなく、ゆきがメインボーカルを初めて務めた曲『ＢＥＬＩＥＶＥ』に出会った俺は、文字通り世界が変わるような経験をしたんだ。

当時俺はゲーム実況を始めたてで、いろいろな壁にぶち当たって挫折しかけていた時期だった。だが『ＢＥＬＩＥＶＥ』を聴いたことで持ち直し、今も無事トップ実況者になるべく日々活動を続けられている。つまり、ゆきは俺の推しであると同時に大恩人でもあるというわけだ。……ふう、こんな天使に出会ってハマらないやつとかいる？

もちろん俺はハマったさ。ドハマりしたね。

アンヘルの曲は全て購入し、特典やグッズもフリマアプリまで駆使して買い集め、ライブにも高校生ができる範囲で全て足を運んだ。こうして俺の高校一年という時間は、全てゲーム実況とゆきを推すことに費やされたといっても過言じゃない。

そしてこの春、二年生に進級すると、まさかのゆきと同じクラスで俺は当然のように限界化した。人ってうれしさが限界突破するとマジでベッドの上で枕を抱きしめて悶《もだ》えながら転がるんだぜ？　ソースは俺な。ちなみにその姿をバッチリ妹に見られて、凍えるような冷たい視線を向けられたのも記憶に新しいわけだが、……誰か記憶をピンポイントで消す方法とか知ってたら教えてくださいお願いします。

「うん、おはよう」

クラスメートの挨拶に、言葉少なげながらも微《かす》かな笑みを浮かべて返すゆきを、俺はほとんど夢見心地で眺める。

……はぁ、今日もクール可愛い。マジ天使。あの笑顔だけで癒《い》やされる……。

誰かがさっき言ってたけど、今日は本当にラッキーデーだ。

ゆきは大人気アイドルなので、仕事が忙しくて毎日の登校はできない。不定期になる。

だからこそ学校に来たゆきを見れた日は、もうそれだけで運がいい一日といえる。

そういう日を逃さないために絶対に欠席だけはするまいと健康管理にも気をつけるよう
にもなったし、歌声で心を癒やすだけじゃなく俺のＱＯＬまで向上させてくれるとは……、
うん、やっぱりゆきって神だわ。ＱＥＤ。証明終了。

「おはよう雪奈さん」「ゆ、ゆき、おはよう……っ」「あ、あの、おはよう！」

そんなことを考えていると、ゆきが自分の席に向かうために俺の席の近くを通った。

周りのクラスメート達が我先にとゆきに挨拶する中、しかし俺は一言も発しない。

というか、ゆきが近くに来た瞬間、俺はサッと視線を外した。

おいおい推しじゃなかったのか？　あのゆきと関わりたくないの？　と疑問に思う人も
いるかもしれないが、その通りだ。

俺はゆきが推しだからこそ、ゆきとは関わり合いになりたくない。

よく「推しに振り向いてほしい」とか「推しとお近づきになりたい」とか、そういう話を聞くが、俺はそうは思わない。というか、そんなことをいうやつは、俺は真のファンじゃないと思ってる。

……いいか？　推しってのはな、別次元の存在なんだよ。

遠くから眺めさせていただいて、その尊さに生きる力を分けてもらう……──そう、いうなれば太陽のようなものなんだ！

本来近づくべきものじゃない太陽に近づいたって、イカロスみたいに燃え尽きるだけ。近づかれた方だって迷惑だ。推しに迷惑をかけるなんて言語道断。あり得ない。

推しは別次元の存在。だからこそ適切な距離感を保つべし。

これが俺の信念だ。画面越しにエールを送るのはＯＫでも、直接声をかけるなんてのはダメだし、これを機にお知り合いに──なんて絶対にＮＧ。

この信念があるからこそ、俺はゆきに挨拶もしないし、同じクラスになってから一度も言葉を交わしてない。目が合ったことすらないと思う。

自分の存在を推しに知られることなく推す。それこそがファンのあるべき姿なのだ。

……あ、ちなみに、そもそも俺なんかじゃゆきとお知り合いになりたいと思ったところで無理じゃね？　とかそういう正論パンチはなしでお願いします。事実だからってなんでも口に出していいわけじゃないって義務教育で教えるべき。

確かに俺はゆきのクラスメートというだけで、成績も運動能力も容姿も別に……だし、そもそもクラス内でも浮きがちのぼっちだし、スクールカーストは下から数えて初っ端《しょぱな》のカテゴリーに位置してると認めるのもやぶさかではないが――

それでもゲームの腕前にはちょっとばかし自信があるし、いずれはゲーム実況界でのし上がるべく、日々ＹｏｕＴｕｂｅでゲーム実況をがんばってる志の高い人間なんだ俺は。

……で、再生数と登録者数はって？

軒並み一桁だし、ライブしても同時接続数は片手で数えられるほどにしかなりませんけどなにか？　って、いいんだよ今はまだ！　これからの伸びしろに期待ってことで！

そもそもゲーム実況はやってるだけで楽しいし、それにこんな底辺ＹｏｕＴｕｂｅｒのチャンネルにだって、いつもコメントを残してくれる人はいるんだ。

俺は再度スマホを取り出し、過去の自分のアーカイブを確認しようとする。

だけどその時、さっきアップしたばかりの最新動画を何気なく見ると、

「……え、もうコメントが？　はやっ」

早くもコメントがあったので、俺は思わず驚いた。

投稿者の名前は『わんころもち』。

俺の投稿した動画にいつもコメントを残し、ライブ配信にも来てくれる視聴者さんだ。

まさかこんな最速で感想コメをくれるとは……！　すげーうれしい。沁《し》みる……！

俺はジーンと胸を熱くしながら、こういう人がいてくれるからゲーム実況が続けられるんだよなぁ……と、わんころもちさんに感謝する。

一人だけとはいえ、こうやっていつも見てくれてる固定の視聴者さんはいるし、推しとは同じクラスだし、なんだかんだで俺って恵まれてるよなぁ。

そんなことを考えながら俺はスマホから顔を上げ、自分の席に座って女子の友達とおしゃべりをしているゆきの姿を遠巻きに眺める。

ゆきはいわゆる『人当たりのいい』とか『社交的な』といった感じではなく、どちらかといえば人を寄せ付けない『高嶺《たかね》の花』という表現がピッタリのタイプだ。いつもクールで冷静なところなんかも、そういった印象に拍車をかけている。

ただ本人が他人を拒否しているというわけではなく、その美貌と常人にはないオーラでおいそれと周りが近づけないといった方が表現としては正しい。彼女を前にしていると、次元が違う存在だってことがハッキリわかってしまうのだ。

ゆきという少女はアイドルとしてもそういうところがあって、ある意味ではアイドルというよりアーティストといった方が近い面がある。特に歌に対するどこまでも真剣な姿勢は、他のアイドルとは明らかに一線を画す特別なポイントだ。

……まあ普通のファンならただ歌が上手《うま》いってことだけしか思わないかもしれないが、俺クラスの『ゆき廃』にもなると、そういうところにも気付くというわけだよ諸君。

とまあ、そんな感じの特別な存在なので、彼女の周りにいられるのは今もああやって話をしているような、カースト上位のごく限られた女子グループだけだったりする。

男子が不埒《ふらち》な目的でゆきに近づこうとしても、彼女達がゆきを守ってくれているんだから、俺としては感謝しかない。カテゴリー的には俺のようなぼっちの天敵ともいえる存在だが、こういう場合は頼もしいことこの上ない。ありがとうございます。

とその時、ふと隣を見るとそういった『不埒な』に分類されるであろう男子が数人集まって、スマホでゆきの写真を撮りたいとかなんとか会話しているのが耳に入ってきた。

……おいおいお前ら、うちの校則を知らんのか？　芸能人を受け入れてるだけあって、そういうのはメッチャ厳しいからな？　盗撮は即刻退学。ネットに上げようものなら学校と芸能事務所からのダブル訴訟で人生終了だ。最近はゆき目当ての雑誌カメラマンだか盗撮魔だかが近所に現れるとかいう噂もあるくらいなのに。お前らの人生が破壊されるのはかまわんが、そんなことがゆきの耳に入ったらゆきが悲しむだろうが。だからやめろ。マジでヤメロ。

俺は盛り上がってる男子達に念を送る。ぼっちなので直接言うことはできないが、頭の中に届けるレベルでヤメロヤメロヤメロと心の中で繰り返す。

……きこえますか、今あなたの心に直接呼びかけています……！

その甲斐《かい》あってか（絶対違うけど）、男子達は結局写真を撮ることなく、今度はどうやったらゆきとお近づきになれるかで盛り上がり始めた。

……ふう、なんとか推しの平穏は守られた——と思ったのだが、

「じゃあさ、普通に写真撮らせてって頼めばよくね？」

と、直後に信じられないほど頭の悪い発言が聞こえてきて、俺は唖然《あぜん》とする。

……よ、陽キャの発想に戦慄を覚えたのはこれが初めてだわ。どうやったらそこまで考えなしになれるのか意味がわからん。もしかしてこいつらは俺と同じ人間じゃないまったく別の生物なのでは……？

そんなことを考えている間にも、その男子達は陽キャ特有の行動力でゆきの席へと向かっていく。カースト上位女子達の冷たい視線もなんのそので、本当に写真を一緒に撮ってほしいと頼み込むアホ共。

「ごめんなさい。そういうの、困るから」

だがそんな無謀な試みも、ゆきのその一言であえなく轟沈《ごうちん》。

さすがゆき。眉一つ動かさず一刀両断だ。侮蔑の感情とかは一切浮かんでない真顔だけど、むしろそれが逆に容赦なくて見ていて清々《すがすが》しい。

俺はすごすごと自分の席に帰っていく男子達を横目で見ながらホッと一息ついて、なぜか一仕事終えた感覚で再度ゆきを眺める。

そうして友達と談笑するゆきの姿にまたしても癒やされながら、俺は今日も一日がんばれそうだと思うのだった。

▽

「……ＯＫ。準備は万端。抜かりはない」

その日の夜。

俺は自室でＰＣの前に座り、スタンバイ完了の確認をしていた。

今日はこれから大事なイベントがある。

なんと、あのゆきがＹｏｕＴｕｂｅのトーク系の生配信に出演するのだ。

『ナッツのイベントーク』というチャンネルで、ＹｏｕＴｕｂｅｒやゲーマー、芸能人やスポーツ選手などといったその時々の話題の人物を連れてきて、普段とはまた違った側面を見せるというのがコンセプト。

チャンネル主兼司会であるナッツさんの軽妙なトークで出演者の新たな魅力を引き出すというのがウリの大人気チャンネルで、登録者数も同時接続数もすさまじい。

そんな配信にこれからゆきが登場するというのだから、ゆき推しとしては絶対に見逃すわけにはいかないというわけだ。

録画の準備はしたし、バックアップも万全。

時計を見ると、あと十分ちょっとで始まることがわかり、いよいよテンションが高まってきた。ゆきの今までにない顔が見られるかもと思うと……、楽しみがすぎる。

しかも、実は楽しみなのはそれだけじゃなかったりする。

ゆきの生出演が終わった後、今度はちょうど『マリエルさま』の配信も始まるのだ。

――堕天院《だてんいん》マリエル。

大手ＶＴｕｂｅｒ事務所『ティンクルライブ』に所属し、デビューしてわずか一か月足らずで登録者数百万人に到達した大人気ＶＴｕｂｅｒだ。

俺もデビューしたての頃にその配信を見て、あまりの面白さに即チャンネル登録してメンバーシップにも加入した。

以来、マリエルさまの配信は欠かさず追いかけていて、数あるＶＴｕｂｅｒの中でもまさに一推しの存在だ。

推しアイドルのゆきに、推しＶＴｕｂｅｒのマリエルさま。

その二人の配信が連続で見られるとか、推してる身としては幸せ以外の何物でもない。

「学校では生のゆきも見られたし、やっぱ今日は最高の日だな！」

テンションが上がりすぎてるからか、独り言まで弾んでくる。

とまあそんな感じで、俺はウキウキしながら配信の開始を待っていたわけだが。

——コンコン。

「……お兄ちゃん、今いい？」

その時ノックの音がして、妹の紗菜《さな》がドアの陰からひょこっと姿を見せた。

「ん？　紗菜か。いいけど、どうかしたか？」

俺が振り向いて答えると、紗菜はそのまま部屋に入ってこちらにやって来た。

正面に立つと、小柄な妹は俺を見上げるような姿勢になる。最初はそれがなんだか不思議というか、少しくすぐったい光景に見えたけど、半年経《た》った今ではもう慣れた。

パッチリとした瞳に、人形のような整った顔立ち。

二歳年下の中学三年生だが、俺とは似ても似つかない美少女だ。

それもそのはずで、紗菜は妹といっても血の繋《つな》がりはない、いわゆる義理の妹ってやつだ。半年前に父親の再婚でできた新しい家族。

最初は義理の妹などというアニメかラノベの中でしかいないような存在にいろいろ戸惑ったけど、今ではすっかり打ち解けた——……と、少なくとも俺は思ってる。

まあ紗菜の方も俺に変な遠慮とかはしてないみたいだし、きっとそう思ってくれてるんじゃないかなと思う。ゲームの中じゃ何度も義理の兄になった経験のある俺だ。きっと上手くやれてるに違いない。

「……新作のコスができたから、今から見てほしい」

そんなことを考えていると、紗菜はいつも通りの平坦《へいたん》な口調でそう言った。

ちなみにコスというのはコスプレ衣装のことだ。

実は妹はコスプレが趣味で、これまでもたびたび披露してもらっていたりする。

「ああ、そうなのか。……あ、でも今からはちょっと」

俺はそれを聞いて一瞬頷《うなず》きかけたが、すぐに思いとどまる。今からはマズい。

「……なに？」

「これからゆきの出演する配信があるんだよ。それが終わったら今度はマリエルさまの配信が始まるし、今日はちょっと無理だ」

「……む」

俺の言葉に、紗菜はあからさまに眉をひそめる。頰も少し膨らませ、実にわかりやすい不機嫌の様相。

「妹のお願いを断るとか、どうしようもないドルオタＶオタ」

「ああそうとも。俺はドルオタでＶオタだが、それがなにか？」

「……普通に開き直られた」

「ふっ、だってその二つとも全然恥じることなんかじゃないからな。なんなら俺はドルオタでＶオタなことを心から誇りに思ってる」

「……堂々と胸を張られた。お兄ちゃんのエッチヘンタイスケベ」

「甘いな妹よ。俺はそんな邪《よこしま》な目でゆきやマリエルさまを見てないってのは前提として、オタクにとってその辺りの言葉はもはや罵倒でも何でもない。むしろ誉《ほ》め言葉だ！　リビドーを自覚して昇華することこそ、オタクにだけできる崇高な行為なんだよ！」

「…………キモい」

「あ、ごめんなさい。それは許してください」

白い目で見てくる紗菜に、俺は平謝りする。

ヘンタイとかスケベとかはいいけど、キモいは普通に辛《つら》いです。強がっててもオタクは基本的に豆腐メンタルなんだから、みんなも普通に心を抉《えぐ》る言葉はやめようね！

「いやでも、マジで今は勘弁してくれ、頼むよ！　今日の配信、ずっと前から楽しみにしてたんだよ！」

「……はぁ、しかたない。また今度付き合ってもらう」

俺が手を合わせて頼み込むと、紗菜はやれやれといった感じでため息をつく。

なんだかんだいって紗菜は俺の趣味とかゲーム実況のこととかもちゃんと理解してくれてるし、配慮もしてくれる。

憎まれ口は思いっきりたたくけど悪意とかは全然こもってないし、なんなら俺は紗菜のこういうちょっと口の悪いところなんかが、なんというか……、家族として見られてるんだなって感じがして好きだった。

あ、決して罵られるのが好きなマゾとかじゃないぞ？　念のため。

「……なにニヤニヤしてるの？　そんなにアイドルとＶＴｕｂｅｒの配信が楽しみってこと？　むむ……、やっぱりお兄ちゃんのバカスケベ」

そんな感じで妹についてほんわかしていると、勘違いした紗菜がさらにムッとした顔を見せる。なんかさっきよりも言葉にもトゲがあるように聞こえるんですが？

俺が推しの話をすると、紗菜は不機嫌になることが多いような気がするけど、アイドルとかVTuberがあまり好きじゃないのかもしれない。

紗菜はそのままプイッと踵《きびす》を返し、部屋から出て行ってしまった。

「悪いな妹よ、今度ちゃんと付き合うから――って、時間！」

そうこうしているうちに配信の時間になっており、俺は急いでPCの前に座る。

ナッツチャンネルを開くと、今ちょうど始まったばかりらしく、軽快な音楽とともにいつものOPが流れ始め、ついでに俺も軽快に身体《からだ》を揺らした。うん、普通にキモいな。

『はーい、今日もナッツのイベントークの始まりやでー！』

それが終わると超アニメ声の関西弁が聞こえてきて、小学生かと思えるような少女が笑顔で登場する。この女性がこのチャンネルの主であるナッツさんだ。ちなみにこの見た目で成人済みというのだから、年齢という概念がバグってるとしか思えない。

『さてさて今日のゲストは皆さんお待ちかね！　今をきらめくトップアイドルグループ、@ngeL25の五大天使の一人！『ゆき』こと雪奈《ゆきな》のぞみさんやー！』

『こんにちは、雪奈のぞみです』

「ゆきキター――――‼」

ナッツさんの紹介に合わせてゆきが現れ、俺は思わずこぶしを握り締める。

生のゆきも可愛《かわい》いけど、画面越しのゆきもまた超絶可愛い……！

いや、ゆきはいつでもどこでも天使すぎる。尊すぎてマジで震えるわ。ヤバいな、なんかテンションが上がりすぎてソワソワしてきた。

『今日は、ゆきさんの知られざる魅力をみんなにたっぷり紹介していこと思うでー。それじゃあゆきさん、よろしくお願いしますー』

『はい、こちらこそよろしくお願いします』

ナッツさんのフリに真面目な返事で応えるゆき。俺はそんな何気ないリアクションにさえ「はああぁ……」と深いため息を漏らす。マジ、尊い……！

そうして配信は始まり、俺はゆきのあらゆる姿を見逃さないよう、食い入るように画面に集中した。録画はしてるけど、この目にもしっかり刻み付けておきたかったのだ。

配信は何の滞りもなく進んだ。ナッツさんの軽妙なトークに導かれ、ゆきはいつも通りのクールかつ真面目な雰囲気で答えていく。ムードは終始和やかで、落ち着いた雰囲気のゆきの魅力がよく伝わってきた。

視聴者数もなんと十万人に到達し、コメ欄も大盛況だ。推しの人気になんだか俺自身が誇らしいような気持ちになってしまう。この最強に美しい天使が俺の推しなんだって、思わず全力で叫びたくなってくるから困るぜまったく！

『へー、ゆきさんって犬派だったんやねー』

『そうなんですよ。家でも飼ってて、柴犬《しばいぬ》なんですけど』

「……ほうほう、ゆきが犬好きってことは知ってたけど、犬種は柴犬だったのか」

俺は配信を見ながら、これは貴重な新情報だと頷きまくる。

そんな細かいことまで知ってどうするんだとか、そういう正気を疑うような疑問を持つやつはいないと思うが一応いっておくと、ファンってのは推しについてはどんなことだって知っておきたいもんなんだ。こういう情報を知っておくと、これから柴犬を見るたび、楽しそうにペットのワンちゃんと戯《たわむ》れるゆきの姿を妄想とかできるしな。実に尊い。

その後もトークの内容は多岐にわたり、趣味とか好きな食べ物とかといったオーソドックスなものはもちろん、旅行したい場所とか、初めて買って聴いた曲は何かとか、無人島に一つだけ持っていけるとしたら何にする？　など、この配信以外じゃ聞けないような変わった情報も盛り沢山で、俺は心の中でナイスな質問をするナッツさんにサムズアップで感謝しながら、ゆきの答えをしっかり心に刻み込むのだった。

『そういえばー、最近はオフは何して過ごしてるんですかー？』

『そうですね、最近はゲームをやってます。私、あんまり得意じゃないんですけど』

やがて話題はオフの過ごし方に移り、そこでゆきの口から出たゲームという単語に、俺はぴくっと反応する。

……ゆきがゲーム？　初耳だぞ？　マジで？

それはゲーオタとして今までで一番興味のある話だったので、思わず身を乗り出す。

『へー意外やー。ちなみにどんなゲームをー？』

『えっと、ラインオブファイアっていうゲームなんですけど――』

「えっ⁉　ＬｏＦ⁉」

そして次の瞬間、俺はガタッと椅子から半立ちになった。

ラインオブファイア――通称ＬｏＦ。

今からおよそ一年前にリリースされたチーム制のバトロワＦＰＳで、そのクオリティの高さから多くのゲーマーが参入した大ヒットタイトルだ。

俺はベータ版から参加していて、何を隠そうそれがキッカケで実況を始めたというくらい大好きなゲームだった。もちろん俺のＹｏｕＴｕｂｅチャンネルのメインコンテンツでもある。マジで神ゲーだからみんなもやろう。

そんな想《おも》い入れのあるタイトルが、まさかゆきの口から出てくるとは思っていなかったので、俺はかなり驚いた。

『おおー、ＬｏＦかー。今大人気ですもんねー。ウチもやってますけど、まさかあのゆきさんまでやってるとはすごいなー。ちなみに腕前の方はー？』

『いえ、全然へたっぴなんです。ゲーム自体あんまりやったことがなかったからすごく難しくて……。でもすごく楽しいです』

「うわ、マジか！　ゆきがＬｏＦを……、うわぁ……！」

笑顔でそう答えるゆきに、俺はもうテンション爆上がりだった。

推しが大好きなゲームをプレイしている――そう考えるだけで、もうたまらないくらいうれしくなってしまう。

「もしかしたら、どこかでゆきとマッチングしてたかも……!?」

ついついそんな妄想まで膨らませてしまい、俺は身をよじって悶《もだ》える。

我ながら妄想が暴走してるのがわかるけど、そこは勘弁してほしい。オタクと妄想はセットなんだ。妄想しないオタクなんて、ルーの入ってないカレーと同じだ。本場のカレーにはルーって入ってないらしいよってツッコミはなしでな！

それはさておき、ゆきとナッツさんのＬｏＦについてのトークは続く。

『そうなんですねー。ＬｏＦといえば人気コンテンツですから関連の配信もいっぱいありますよねー。ウチも下手ですけど実況コラボとかしたことあるしー。ゆきさんはそういうゲーム実況みたいなのは見てはるんですかー？』

「おお、さすがナッツさん、いい質問すぎる！」

ＬｏＦの実況プレイを配信している俺としては、それはまさに訊《き》きたいところだった。もちろん俺みたいな零細チャンネルには関係ない話だけど、もしゆきが見てる配信があるなら、絶対に参考にしなければ。

俺はそう考えながら、ゆきの返答を胸を高鳴らせながら待っていた。

だがその時、異変が起きる。

ナッツさんの言葉に、ゆきの瞳がキラリと光ったのだ。

『はい。実は私、大好きなゲーム実況チャンネルがあるんです……！』

そしてゆきは前のめりになって、そう答えた。

両手をグッと握りしめ、顔をほんのり紅潮させて、目をキラキラと輝かせながら、まるで小さな子供が大好きなものを話すような様子で。それはこれまでゆきが一度も見せたことのない姿で、俺はその可愛さを堪能《たんのう》する以前にビックリしてしまった。

だが、本当の驚きはまだ終わっていなかったのだ。

『お、急にテンションが上がりましたねー。こんなゆきさん見たことないですよー？』

『あ、ご、ごめんなさい。でも私、本当にそのチャンネルが大好きで……！』

『いいんですよー。普段とは違う姿をみんなに見てもらう配信なんで、そういう反応はどんどんくださいー。で、それってなんていうチャンネルなんですー？　ゆきさんが見てるっちゅーことは、きっと誰もが知ってるような有名チャンネルなんやろうけどー』

『あ、いえ、そのチャンネルは登録者数五人にも満たなくて――あ、でもそんなこと全然関係なくすごく面白いんです！』

『へ？　登録者数一桁のチャンネルなんですかー？』

意外といった感じで目を丸くするナッツさんを尻目に、ゆきはコクンと頷《うなず》いてこれまで最高の笑顔を見せながら、こう答えた。

『はい。名前は、ケイのゲーム実況チャンネルっていうんです！』


「…………………………………え？」

その瞬間、俺の身体がまるで石化したみたいにピシリと硬直した。

今ゆきの口から、自分の実況チャンネルの名前が聞こえたような気がしたからだ。

……いやいや。

……いやいやいや。そんなこと……、いやいやいやいやいやいや！

……ふう、ヤバいな。いくら俺がゆき推しだからって、こんな幻聴まで聞こえるようになるとは、さすがに我ながらどうかしてるぞ。きっと何かの聞き間違いで――

『ほほう？　ケイのゲーム実況ですかー。初めて聞く名前やなー』

『そうです、ケイのゲーム実況！　本当に私、大好きなんですよ！』

だが、幻聴であるはずがまたハッキリと聞こえた。俺の実況チャンネルの名前が。

「…………………」

俺は状況がつかめず、画面を見つめながら呆然《ぼうぜん》と立ち尽くすしかなかった。

情報を処理しきれずに脳がフリーズするという経験は初めてだ。……いや、マジで人間って意外過ぎる事態に遭遇すると固まるんですよ皆さん。ソースは現在進行形の俺。

『ほー、あのゆきさんがそこまで言うほどとはー。ほんまにそのチャンネルが好きなんですねー。で、そのチャンネルってどんな感じなんですー？』

『すっごく面白いチャンネルなんです！　私、それを見つけて以来もう夢中で！　毎日ずっと見続けてるんですけど全然飽きないんですよ！　あ、それでそのチャンネルのことなんですけど、名前通りゲーム実況をしてて、ＬｏＦをメインでやってるんですけど、それがすっごく上手で見とれてしまうほどなんです！　私がＬｏＦをやり始めたのもそれがキッカケで、ちょっとでもケーくんに近づけるかなって思って！　あ、ケーくんっていうのはその実況者さんのことなんです！　正式にはチャンネルの名前通りケイっていうんですけど、私はずっとケーくんって呼んでて！　そのケーくんがまたすっごくカッコいいんですよ！　ゲームのプレイングも本当に上手で、どうやったらそんな動きできるのーって思っちゃうくらいで！　それに実況自体が本当に面白いんです！　最初はＬｏＦのこととか何もわからなかったのに、それでもすっごくわかりやすいんですよね！　最初に見始めた時なんて夢中になりすぎて、気がついたら何時間も経《た》ってたくらいなんです！　あ、それだけじゃなくて、私ケーくんの声も大好きで！　カッコいいのはもちろんなんですけど、優しくてあったかい声でもうずっと聞いてられるんです！　それからそれから……！』

『おおー、すごい勢いですねー。さっきまでとは全然違うなー』

ものすごい勢いでまくしたてるゆきに、ナッツさんも興味津々《しんしん》といった様子。

ただひたすら自分の大好きなものを身振り手振りを交えて力説するゆきの姿からは、本当にそのチャンネルが好きなんだということがヒシヒシと伝わってくる。

もちろん、そんなゆきにさらなるショックを受けた俺は、さっきまでの衝撃も相まって脳みそがいよいよ完全にクラッシュしてしまったわけだが。

『……という感じで！　私、本当にケーくん推しなんですよ！』

だがやがてゆきが長々とした演説をそう締めくくったところくらいで、俺の頭はようやく少しずつ再起動し始める。といってもそのスピードは三世代前くらいの格安ＣＰＵを積んだ地雷ノートＰＣ並みだったが、それでもかろうじて動き出したことに変わりはない。

画面には一点の曇りもない笑みを浮かべるゆきが映っており、トークはまだ続いていたが、もうその内容は頭に入ってこなかった。

「…………えーと、あれだ。とりあえず、落ち着け。その、つまり、マジでゆきが、俺のチャンネルを……？」

俺は回転不良を起こしている脳みそをなんとか動かしつつ、なにはともあれ状況を整理しようと試みる。そして確認のため、ＹｏｕＴｕｂｅの検索欄に『ケイのゲーム実況』と入れて検索してみた。

もしかして同じ名前でもっと大手のチャンネルがあるのかもしれない。

そういう可能性も考えたが、ヒットしたのはまぎれもなく自分のチャンネルだけ。

試しに、今朝アップしたばかりの最新動画を開いてみる。

「うわっ⁉　こ、これは……！」

すると、一桁だった再生数が今は五万以上に伸びていた。五桁の数字なんて今まで見たことがなかったので、俺は目を見開く。その間も再生数はあり得ない速度で増加しており、コメ欄にもおびただしい数のコメントが書き込まれていた。

その内容は『ナッツチャンネルからきました』『ゆきが言ってたのってここだよね？』『ゆきが推してるってマジ？』『今から見てみる！』などなど、さっきの配信でゆきの発言を聞いたリスナーからのものだというのがハッキリとわかった。

「な、なんだこのコメの量は……。こんなの初めてで――って、い、いや、冷静さを失うな。こういう時こそ平常心……、そう、平常心だ！」

とまあ、自分にそう言い聞かせようとはするものの、そんなことで落ち着けるような生易しい事態じゃないってことだけは嫌ってほど理解できてるんだよな。

どうしていいかわからない。ほとばしる感情の行き場がない。異常にソワソワして、自分でもひどく混乱しているのがわかる。いてもたってもいられなかった。

俺はしばらくの間、無意味に部屋の中を歩き回った後、とにかくまずいつも通りのリズムに戻ろうと思った。

とりあえずこの異常事態はわきに置いといて――……いやいや、現実逃避だってことはわかっちゃいるけどもだな⁉　で、でもまずは一度落ち着くためにも、普段通りのルーチンに戻ろうと思ったわけなんだよ！　そう、ルーチンワーク大事！　刺身の上に延々とたんぽぽを載せ続ける仕事の偉大さが今わかったわ！

「……えーと、まず俺は何をしてたかというと、ナッツチャンネルでゆきの生出演を見てたわけで……。そ、そうだ、とりあえず続きを――って、いつの間にか終わってる⁉」

どうやら配信は俺が放心している間に既に終了してしまったらしく、俺は停止した配信画面を見て慌てる。……というか、現状の混乱の原因がその配信だったわけで、それを見直しても落ち着けるわけもないんだが……、ああもう！

「じゃ、じゃあマリエルさまだ。ナッツチャンネルの後はすぐにマリエルさまの配信があるはずだからそれを見よう」

うん、そうだ。それがいい。何も考えずにマリエルさまの配信を見て楽しんでたら、さすがに頭も切り替わるだろうしな。

「ゆきの件はそれからじっくり考えるとして……」

俺はそう考えながらマリエルさまのチャンネルに向かう。……が、

「あ、あれ？　やってない？　スケジュール表にはこの時間に配信するってあったはずなのに？　って、急な体調不良で今日は休み⁉」

あてにしていたマリエルさまの配信が急遽《きゅうきょ》中止になったと知って、俺は焦《あせ》る。

体調不良って大丈夫かなとか、せっかくクールダウンできると思ったのにとか、純粋に楽しみにしてた配信がなくなって残念とか、そういったいろんな思いとゆきの件が重なって、俺はさっきよりもさらに落ち着かなくなってしまう。

「……なんてこった。どうすりゃいい……！」

頼みの綱を失った俺は、またしても無意味に室内をぐるぐると徘徊《はいかい》する。

「お、お兄ちゃん！」

とその時、ドアがバンッと開いて、珍しく慌てた様子で紗菜《さな》が部屋に入ってきた。

「……ＳＮＳでお兄ちゃんのチャンネルがトレンドに上がってるけど……⁉　ケイのゲーム実況ってハッシュタグができてるし、それに雪奈《ゆきな》のぞみっていうタグも……！」

息を切らせ、片手に持ったスマホをずいっとこちらに向ける紗菜。

そこには紗菜の言う通り、俺の実況チャンネルとゆきの名前が同時にトレンド入りしている様子が見て取れた。……そうか、ＳＮＳでもか……。

「……なあ紗菜」

「ど、どうしたのお兄ちゃん」

ここに至って、俺はようやく状況を本格的に理解できたような気がした。

これまでは俺の妄想だったって可能性もギリギリワンチャン否定できなかったけど、さすがに紗菜のこんな姿まで見たら認めざるを得ない。

俺はフラフラした足取りで紗菜の前に立つと、相変わらず現実感のないままに、ポツリとこう呟《つぶや》いた。

「…………俺、ゆきにバズらされちゃったみたいなんだけど、どうしよう？」

ちなみに、それを聞いた紗菜からは「知らない」「っていうかそんなの見ればわかる」「どうしてそんなことになってるかを訊《き》いてる」と普通にキレられたわけだが、どうしてと言われても俺だってわからないんだから、なんとも答えようがないのだった。

▽

「ふぁ〜あ……。眠い……」

翌日の早朝。

俺はまだ誰も来ていない教室で、一人自分の席に座ってあくびをしていた。

こんな早い時間に登校したのって初めてだから、なんだか新鮮な気分だな。

昨夜《ゆうべ》はほとんど眠れなくて、家にいてもなんだか落ち着かない気分だったから、いっそのこと学校にでも行くかと思って来たわけだけど、悪くはない感じだ。

「あー、なんか昨日までとは別世界みたいだ……」

俺はぼんやりと窓の外を眺めながら、眠いながらも爽やかな気分でそう呟く。

昨日、あれからようやくって感じでゆきにバズらされたという現実を受け入れられた俺は、当然ながらいろいろなことを考えた。

最初に頭をよぎったのは、もちろんうれしいって感想だ。

ずっと推してたアイドルが俺の配信を見てくれていて、しかも熱烈に推してくれているということの事実。……こんなのうれしい以外の感想があるか？

いや、そんな言葉で表せるような生易しいもんじゃなかったなあれは。あまりにも幸せすぎて、気がついたらなんか部屋で変な踊りとか踊ってたし。限界化して記憶が飛ぶとか初めての経験だったわ。うん。

まあそうやって最高の幸福に浸っていた俺は、間もなくやって来た妹に「ドタバタうるさい」と現実に（文字通り）叩《たた》き戻されたわけなんだけどね。

紗菜のあの冷え切った視線を受けてもまだ惚《ほう》けていたあたり、どれだけうれしかったかがよくわかるってもんだ。謝りながらも笑みを抑えきれない俺を、紗菜が心底気持ち悪いものを見たような顔で見下ろしてたのも無理はない。だけどまあ、相手は最推しのアイドルだったわけだから、それも仕方ないって話なんだよ。

けど、それからしばらくして少しずつ冷静さを取り戻してくると、今度はまったく別のことが頭に浮かんできた。

それは「これからどうしよう？」っていう疑問だ。

まず一つ目に、今後の配信をどうするかという問題があった。

結局あれからも再生数は伸び続け、昨日の朝まで一桁だった再生数は、バズった後には六桁再生まで跳ね上がってしまった。

同時にチャンネル登録者数も一日で十万人を超えてしまい、まさにいきなり別世界に飛ばされてしまったような感じだ。

こんな状況で今まで通りの配信を続けられるのかっていう心配があるんだけど、それはまあ、うん、どうにかがんばるとして、問題はもう一つの方だ。

二つ目の問題──それは、もちろんゆきのことだった。

普通なら有名人にバズらされたからといって、その有名人との関係がどうとかは心配したりしない。だって直接的な関わり合いは普通ないわけだしな。

でも、俺とゆきの場合は違う。

ゆきは俺のクラスメートであり、そしてケイが俺だということを知らない。

この場合、俺はゆきに自分がケイだということを明かすべきか、という問題がまず出てくると思う。俺もゆき推しだし、ゆきもケイ推しなわけだから。

だが、それについての答えはすぐに出た。もちろんNOだ。

いや、ゆき相手にだけじゃなく、俺は自分が実況者のケイであることは、誰にも明かさないでおこうと改めて思った。

もともと、俺はゲーム実況してるってことを家族以外には誰にも話していない。

まあ、学校ではぼっちだからそういう話をする相手がいなかったっていう現実的な理由もあったわけだが……、それはともかく！

俺がゆきにバズらされたあのケイだってことは、誰にも知られるべきじゃないと思ったんだよ。その理由だって明確にある。

まず俺の信念、推しとの距離感の問題。

推しは別次元の存在。適切な距離を保つべし——だけどもし俺がケイだってわかると、ゆきとの距離は間違いなく縮まるだろう。

ん？　でもお前もゆき推しならそれでいいんじゃね？　むしろラッキーじゃね？

と、そう思った人も中にはいるかもしれないが、そういうやつはちょっとそこに座れと言いたい。お前は何もわかっちゃいない。

そりゃ俺だってゆきと面と向かってお話ししたりとか、あの笑顔を俺にだけ向けてほしいとか、正直そういった願望を抱くことはあるよ？　今までだってそういう妄想をちょっとはしましたよ？　仕方ないじゃない人間だもの。

でもな、やっぱそれは違うんだよ。ファンと推しの関係ってのはそうじゃないんだ。

ましてや今回のバズりを利用してゆきとお近づきになれる！　なんてのは、俺が思うところの『真のファン』とはかけ離れてる姿だ。一言でいえば不純だ不純。純粋なファンとしてゆきを推している身の俺としては、そういう不純さがある時点でもうダメだ。

それに問題はもう一つあって――というかこっちの方が実際のところ大きいんだけど、ケイの正体が俺だって知ったら、ゆきは幻滅するんじゃないかって懸念《けねん》があるのだ。

だってそうだろ？　ちょっと考えてみてくれよ。大好きな実況者の中の人が、実はクラスメートの冴《さ》えないぼっち男子だったら……？

……自分で言っててなんだけど、こんな残念なサプライズはねーな。

ギャップってのは本来マイナスの印象がプラスになるからいいんであって、プラスがマイナスになるのはまさしく幻滅だ。失望といってもいい。

正体を知ったゆきに失望される――……うぐっ、考えただけでも死ねる……！

ただ勘違いはしないでほしいんだが、俺は別に自分を卑下してこんなことをいってるわけじゃないんだ。俺は自分がオタクでぼっちで陰キャであることに何の後ろめたさも感じてないし、なんなら逆に誇りにさえ思ってるからな。周囲が俺のことをどう思っていようが、そんなことは知ったことじゃないし。

ただそれは俺一人の場合の話であって、ゆきが関係してくるとなると違ってくる。

たとえゆきが俺に失望しなかったとしても、あのゆきが俺みたいな陰キャを推してるってことで周囲からの評判が悪くなったりする可能性だってあるし、もしそうなったらファンの俺としてはマジで腹でも切って詫《わ》びなきゃいけない事態になってしまう。

ゆきの評判に傷をつけ迷惑をかける可能性が少しでもある以上、やっぱり俺は自分がケイだってことを明かすわけにはいかないのだ。……そもそも、その必要性もないしな。

というわけで、正体は誰にも明かすことなく、しかしゆきが応援してくれてるからこれからもゲーム実況はがんばる——それが、俺が出した結論だった。

要するに、これまでと表面上は何も変わらないってことだ。

ただ実際は、ゆきに推されてるってうれしさを噛《か》みしめながらも、同時に急激に大きくなってしまったチャンネルをこれから運営していくことになる。

この程度のチャンネルを推してたの？　といった感じで、推してくれたゆきに恥をかかせないためにも、増えた登録者数に相応《ふさわ》しいチャンネルにしていかなければ。

「……登録してもらった人に、継続して視聴してもらえるようがんばらないとだしな」

俺はやる気をみなぎらせながら呟く。

先行きへの不安がないといえばウソになるが、それ以上に、これからもゆきに楽しんでもらえるコンテンツを用意しなければいけないという思いの方が強かった。

俺はスマホを取り出し、ＬｏＦのモバイル版を起動する。

とりあえずコンテンツ強化の一環として、モバイル版の実況も順次増やしていこうと昨日のうちに考えていたからだ。

ＬｏＦといえばＰＣ版が主流だが、最近出たモバイル版もだんだん人気が高まってきている。俺はこれまでモバイル版はあんまりやってこなかったけど、これを機にこっちもやり込んでいくと決めた。

早朝の誰もいない教室。練習するにはちょうどいい環境だ。さてマップは……、ミストアイランドか。ここは視界が取りづらいから武器の選択は近接メインがいい。ただしキャラによっては遠距離が通せるところもあるのは憶《おぼ》えておかないとな。

俺は脳内で実況のシミュレーションをしながらマッチを開始する。

ＰＣ版とは勝手が違うところもあるけど、プレイ自体は順調に進んでいった。

「うーん、俺も味方も武器のツモがあんまりよくないな……」

いつの間にか、脳内でとどめておいたはずの実況が自然と口から漏れ始める。

しかし集中していた俺はそれに気付かないまま、ますますゲームにのめり込んでいく。

「こういう時は積極的に敵部隊を見つけて物資を奪いたいところだけど——っと、霧の向こうが今一瞬光った。ミストアイランドは音での把握が大事だって攻略サイトとかで書いてるけど、実際は音の反響自体は他マップと変わらないんだよな。むしろマズルフラッシュの霧への反射具合の方が独特だから、それを見て敵の位置把握をする方が重要なところがあって――」

「……へえ、そうだったんだ」

その時、急に近くからそんな声が聞こえて、俺の身体《からだ》がビクッと跳ねた。

不意打ちだったってこともあるが、その声に聞き覚えがあったことの方が大きく、俺はめちゃくちゃ慌てながらバッと振り向く。すると、

「ゆ、ゆゆ、ゆゆゆゆき……!?　いや、雪奈《ゆきな》、さん!?」

なんとそこには推しの顔が間近にあって、俺は思いっきり狼狽《ろうばい》する。

……な、なんでゆきがこんな時間に教室に……!?

「あ、ご、ごめんなさい。邪魔するつもりはなくって……。ただ、何やってるのかなって気になっちゃったから、つい……」

驚きすぎて思わずスマホを落としそうになっている俺に、ゆきは申し訳なさそうに表情を曇らせる。が、俺は急いでブンブンと頭を振った。

「い、いや、その！　邪魔とかそんなことはないです！　ちょっと驚いただけで……！」

「大丈夫だった？　ならよかった」

ホッとした笑みを浮かべるゆきから、俺はバッと視線を外す。

いきなりの推しの登場に混乱してるってのもあるが、実際のところその笑顔がまぶしすぎて直視できなかったからだ。しかも距離が近すぎる……！

「だ、誰もいないからちょっとゲームしてただけ……！　それだけだから……！」

俺はゆきと目を合わせることなく、話はこれで終わりといったニュアンスを込める。

推しとの距離感を大事にする者としては、この状況はよろしくない……！

「そうだったんだ。それってＬｏＦだよね。天宮《あまみや》くんもＬｏＦやってるんだね」

しかしゆきは、そんな俺の考えなど知る由《よし》もなく会話を続けてくる。

そのことも意外だったが、それ以上に俺は名前を呼ばれたことに衝撃を受けていた。

「な、なんで俺の名前を⁉」

「え？　だってクラスメートだから……。あ、でもお話しするのは初めてだね」

……な、名前を憶えてくれてただと⁉　あのゆきが、クラスの中じゃ影が薄いなんてもんじゃない俺の名前を⁉　なに？　マジで天使なのか……⁉

「あ、天宮くん、敵が来てるみたいだよ」

その衝撃的な事実に俺が感動していると、ゆきがそう言ってスマホ画面を指さした。

俺はハッと我に返ってプレイに戻る。まだ動揺は続いてるし、傍《そば》にゆきがいるって状況にも焦《あせ》るが、さすがにゲーマーとしてプレイ中のゲームを放り出すわけにはいかない。

幸い味方の反応も早く相手の動きも鈍かったので、襲ってきた敵部隊は難なく片付けることができたけど、リアルの状況は相変わらず全然落ち着いていない。

「な、なんで、その、ゆき……なさんは、こんな早い時間に学校に……？」

まずはとりあえず冷静さを取り戻そうと、俺は気になっていた質問をしてみる。

もちろんその間もゆきの方には目を向けない。向けたら絶対また気が動転する。ただでさえ今も、なんかいい香りが漂ってきてるというのに。

「あ、うん、実は昨日ちょっと興奮してあんまり寝られなくて。朝早く起きちゃって、だったらもう学校に行こうかなって思ったんだ。お仕事ある日は登校できないから、来れる時間があるときは、なるべく学校に来たかったから」

なるほど。さすがゆき、理由まで天使のように純粋だ。ますます推せる。

「天宮くんは？　いつもこんなに早いの？」

「い、いや、俺も似たような感じで」

「そうなんだ、偶然だね。あ、よければこのままＬｏＦ見ててもいい？」

本当は離れててほしいのだが、そんなこと言えるはずもなく俺は無言でコクリと頷《うなず》く。

推しが傍にいてくれるというすさまじくラッキーなイベントなはずなんだけど、事情が事情なだけに素直に喜んでいられないのが辛《つら》い。

……いや、動揺しててどうする。俺がケイだってことがバレないようにしようって決めた以上、その決意を貫かないと。本人の前なんだから余計に。

俺はそう考えながら、強制的に気持ちを切り替えてゲームに集中する。

試合は既に終盤に差しかかっており、三十いた部隊がもう残り四部隊にまで減っている。フィールドも限界まで狭まってきてるし、銃声がそこかしこから聞こえてくる。おそらく決着はすぐにつくだろう。霧で視界が悪いぶん、接敵したら即近距離戦だ。

「……右に一部隊、左に二部隊か……」

俺は素早く敵の位置の目星をつけ、まず右の部隊に奇襲をかけることにした。

音を立てずに近づき、グレネードで炙《あぶ》り出してから側面を突く。

仲間の援護もありこの作戦は成功し、右の部隊は殲滅《せんめつ》完了。残り部隊数を見ると二部隊のみとなっており、どうやら左の戦いも決着がついたらしい。

だがその時、霧の中から突如最後の敵部隊が飛び出してきた。どうやら銃声を聞きつけて、こっちが体勢を立て直す前に一気に決着を付けようというつもりらしい。

ならばとこちらも応じる。狭い範囲での三対三の乱戦だ。

銃声とマズルフラッシュが霧の中で弾《はじ》ける。だが最後にその中で立っていたのは俺達の部隊だった。画面にチャンピオンの文字が出て、俺達は無事勝利を手にした。

「ふー……、無事に勝てた」

俺は大きく息を吐きながらそう呟《つぶや》く。ゆきの突然の登場で動揺しまくったけど、ゲームに集中し始めたらちゃんとプレイできた。自分のゲーマー魂を褒めてやりたい。

さて、ゲームには無事勝利したが、問題はこの状況だ。もしゆきに「チャンピオンとかすごいね！」的なことを生で言われたら、俺はうれしすぎて限界化するかもしれない。いや絶対するね。自信あるわ。

もちろんそんな姿を見せられるわけもないので、そうなる前になんとかこの場から脱出したいところだ。不格好だけど、ゆきから何か言われる前にトイレにでも逃げよう。

そんなことを考えながら、俺はゆきの方を振り返る。そして予定していたセリフを口に出そうと思ったのだが、しかし寸前でそれを呑《の》み込むことになる。

「…………え？」

というのも、なぜかゆきが大きく目を見開いて、無言でこちらをジッと見つめていたからだ。……なんて美しい瞳――じゃなくて！　な、なんか驚いてるみたいだけど？

「……もしかして、ケーくん……？」

「なっ⁉」

だが次の瞬間、今度は逆に俺の方が驚いていた。

……い、今なんて⁉ け、ケーくんって呼ばれた……⁉

「な、なななな……っ⁉」

「ケーくん……、やっぱりケーくん、だよね……？」

……な、なんで⁉ どうして⁉

いきなりのことに大混乱に陥る俺。一方でゆきは真剣な顔で詰め寄ってくる。

「な、なな、何を言ってるのかな？ い、いきなり意味がわかんないんですけど⁉」

俺は必死に誤魔化そうとする。バレないようにってさっき決意を固めたばかりなのに、いきなりバレそうになってることにひどく狼狽していたが、そんなことといってる場合じゃなかった。と、とにかくなんとか切り抜けないと……！

「……実は最初から、あれ？ って思ってたの」

だがゆきは、ジッと俺を見据えたまま静かに続ける。

「天宮君の声ってやっぱりケーくんそっくり。だから気になって近寄ってみたんだけど」

「そ、そうなんだ⁉ それはすごい偶然だなぁ⁉」

淡々と語るゆきに対し、俺は心臓をバクバクさせながらなんとか誤魔化そうとする。

けれどゆきは止まることなくふるふると首を振る。

「話し方もイントネーションも同じだし、プレイの仕方もケーくんとまったく一緒。最後の勝ち方だって、ケーくんがよくする、陽動からの側面回り込み攻撃だったよね？」

「ま、まあそれはＬｏＦではよくあるやり方だし⁉」

……よ、よく見てるな……！　ってか戦術まで覚えてるなんて、そんなにも俺の配信を見てくれてんだ——って、今は喜んでる場合じゃねーだろ⁉

「それだけじゃないよ。使用キャラも武器の選択もケーくんと同じだし、なによりそのスキン。ケーくんがいつも使ってる、一周年記念で配付された限定モデルだよね？」

「え？　あ……！」

「イベント期間内に１０００ＫＩＬＬ達成した順にもらえるやつで、ケーくんは五十試合以内で達成する配信してたよね？　それで１０００ＫＩＬＬ目の相手を乱戦中に倒したかららいつの間にか達成してたーって言ってて。ちなみに、相手はデフォスキンのスノーフォックスで、倒した武器は乱戦で拾ったＲＧ１０５だった。私、カウントしながら見てたからハッキリ憶えてる」

淡々と根拠を語るゆきに、俺は何も反論できず口をつぐんでいるしかなかった。

……スキンの件はその通りだし、ってか何の武器で誰を倒したかなんて俺自身でさえ憶えてないのに、なんでそんなスラスラと出てくるんだ⁉

「……ねえ、天宮くんがケーくんなの？　そうなんだよね……？」

真顔で近づいてくるゆきに、俺は思わず身を引いた。

……ど、どうしよう！　どうすればいい⁉　ってかゆきさん？　なんか雰囲気が怖くないですか⁉　いつものクールビューティーな姿が、今はやたら恐ろしく感じる！

これってあれか？　あのケイの中身がまさかこんなやつだったのかって失望してるからなのか⁉　やっぱりここはどうにかして誤魔化すしか……！

「あれ、一番乗りじゃねーや」「って、あれってゆき⁉　……と、天宮？」

とその時、教室の扉が開いてクラスメートの男子が二人入ってきた。

二人は俺とゆきの姿を見るなり、その意外な組み合わせに首を傾《かし》げているようだ。

……こ、これは助かったか？　誰か来たから話は一旦なかったことに——

「ごめん。ちょっと一緒に来て」

だがその時、なんとゆきは俺の手を摑《つか》んでそのまま教室から飛び出してしまった。

突然のその行動に、俺はもちろん男子二人も目を丸くする。

しかしゆきは振り返ることなく、俺を引っ張ったまま廊下を走り抜けると、そのまま階段を駆け上がって屋上へと続く扉を開けた。

「はぁはぁ……。な、なんでこんな……」

あっという間に屋上に連れ出された俺は、息を荒らげながら当然の疑問を口にする。

だがゆきはまったく呼吸を乱した様子もなく「ごめんなさい」と謝った後、またあの真剣な表情で俺を見据える。

「どうしても確かめたかったから。……天宮くんがケーくんなんだよね？」

ズイッと身を乗り出すゆきに俺は後ずさる。が、すぐに背中が金網に当たり、逃げ場はなくなってしまった。

追い詰められた――そう気付いた俺は、どうするべきか決断を迫られる。

俺がケイだってことは知られるべきじゃない。……けど、ゆきの目は納得いく答えが得られるまでは引き下がらないといった感じだった。

シラを切り通そうかと思ったが、明らかにそんな雰囲気じゃなかった。本能が、これはもう誤魔化しきれないと告げている。こうなったらもう白状するしかない。

……くそ、推しと学校の屋上で二人きりとか最高のシチュエーションなはずなのに、なんでこんなピンチなんだよ！　ああもう‼

「……そ、そうです、はい……。俺がケイです……」

そしてついに、俺は認めた。蚊の鳴くような声で。

内心は覚悟を決めたって感じの勇ましい雰囲気だったのに、ゆきに失望されるかもしれないと思うと、それだけで心が萎える。もしゆきに「うわぁ……」って感じの目で見られたりしたら、俺はそれだけで膝から崩れ落ちてしまうかもしれない。

「……や、やっぱり………」

ゆきは俺の答えを聞いて俯《うつむ》き、肩を震わせる。……やはりこの反応は。

でも仕方ない。そりゃあれだけ推してたYouTuberの中の人が、こんな冴《さ》えないクラスメートだったらと思うと当然――

「ふわあああああぁっ！　り、リアルのケーくんに会えちゃったよおおぉっ‼　どうしようどうしよおおおおっ⁉」

「うわっ⁉」

突然大きな声を上げたゆきに、俺はガシャンと金網を揺らしながら驚いた。

顔を真っ赤に染めて、両手の平で頬を覆いながらブンブンと頭を振り続けるゆき。

「こ、こんなところでケーくんに会えるなんて思わなかったよぉ……！　どうしよう⁉　寝不足だし、髪のセットは適当だし……！　あああもうどうしよう⁉」

「………………」

えーと……、これは、一体何がどうなって……。

「あ、あの、雪奈《ゆきな》さん……？」

「ひゃ、ひゃいぃっ⁉　い、今雪奈って……⁉　ケーくんにリアルネームで呼んでもらえた……⁉　はわわわわわ、幸せすぎて死んじゃいそうなんだけど……！　しかも生声で！　ケーくんの生声尊すぎる……！　あ、あの、今の名前呼びはおいくらですか？　私、もちろん課金しますから！」

「何の話をしてるんですかねぇっ⁉」

……って、あまりの意味不明さに思わずツッコんじまった！　ゆき相手に！

「ご、ごめん！　な、なんていうか、ちょっと頭が混乱してて……！　その……、雪奈さんは俺が実況者のケイだってわかって、失望とかはしてないの……？」

俺は一番気になっていることを恐る恐る訊《たず》ねる。

恐る恐るといいつつかなりストレートな質問になってしまったけれど、それだけこの状況に頭がついていけてないということなんだと思ってほしい。

「？　失望？　どうして？」

「いやだって、憧れのＹｏｕＴｕｂｅｒがクラスメートだったとか……」

「ケーくんが実はクラスメートだったなんて、すっごい素敵な偶然だよね！　まさかこんなところでリアルケーくんに会えるだなんて思ってなかったから……！　こ、これってまさか運命!?　あ、そう思ったらまたうれしくて、ふわあぁぁ……、どうしよう!?　目の前に本物のケーくんがいるとか最高すぎる……！　あの、私どうすればいいですか!?」

「そんなこと俺に言われましても!?」

ふわあぁぁ……っと、奇声を上げながら、真っ赤な顔で身をよじらせるゆき。

なんというか、そのあまりのテンションの高さはまさしく限界化したオタクの姿そのもので、傍《そば》で見ているこっちとしては、相手が興奮すれば興奮するほど逆に冷静さを保ててしまうという現象に見舞われていた。

本当なら推しのアイドルにこんなに感動してもらえてるんだからこっちが限界化してもおかしくない場面なのに、俺の分までゆきが盛り上がってくれてる感じだ。

……どうしよう。いやマジでどうしよう!?　と、とりあえずケイの正体が俺だってわかって残念がられてるとか、そういうのはないみたいだけど……。

きゃあきゃあとはしゃいでいるゆきを眺めながら、俺は途方に暮れる。

っていうか、ゆきさん、キャラがいつもと違ってません？　俺の知ってるゆきは、なんというかもっとこうアーティスティックな雰囲気で、いつもクールな高嶺《たかね》の花って感じの女の子のはずなんですが……。

でも頬を桜色に染めて本当に幸せそうな笑顔のゆきを見ていると、いつものアイドルとしてのゆきとはまた全然違った印象で、なんというか……、これはこれで等身大の女の子っていう感じでめちゃくちゃ可愛《かわい》いな⁉　なんだこれ……！

かろうじて冷静さを保てているとはいえ、俺も大のゆき推し。

こんな可愛い姿を目の前で見せられたらこっちも限界化してしまいそうでヤバい。

「……あ、ご、ごめんなさい！　私、うれしすぎてつい……！」

しばらくの間そうやって一人で盛り上がっていたゆきだったが、やがてハッとした感じで我に返ると、今度は急に頭を下げて謝ってきた。

「本当にごめんなさい……！　リアルでケーくんに会えるなんて思ってなかったから取り乱しちゃって……！　で、でも私、本当にケーくんのファンで……！」

ゆきはオロオロしながら、ほんのり涙目になってそうまくしたてる。

身振り手振りを交えて必死な様子だが、そんな姿を見せられたこっちが焦《あせ》った。

「ずっとケーくんの動画とかも見てて……！　あ、配信もいっつもライブで見てたくらいのファンなんです！　コメントもしてて、ケーくんからコメ返しがもらえた時は、その日一日中ずっと幸せで……！」

「コメントって……、ま、まさか？」

「あ、わ、私『わんころもち』です！　お、憶《おぼ》えてくれてるんですか……？」

「あれ、雪奈さんだったのか⁉」

そもそも俺の動画にコメントしてくれるのってわんころもちさんだけだったから、忘れるはずもない。とはいえ、まさかずっとあのゆきとやり取りしてたなんて思ってなかったから、俺はもちろん驚愕《きょうがく》する。

衝撃的な事実に呆然《ぼうぜん》とする俺だったが、ゆきは「憶えててくれたんだ……！」と心底うれしそうな笑顔を見せた。

「そうです、そのわんころもちが私です！　あんまりいっぱいコメントしたら迷惑かなって思ったんだけど、でもどうしても我慢できなくて……！　ライブ配信の時はもちろん、新作動画が上がったら絶対すぐにコメントしようって……！」

……そういえば、あの毎回のコメントの速さにはいつも驚いてたけど。

「あ、や、やっぱり迷惑でしたか？　あんなに頻繁にコメントしたら変かなって思ってたんですけど……！　も、もしかして気持ち悪いとか思われてたりしたら……！」

「へ？」

「そ、そうですよね……！　私、そう思われても仕方ないことしてるし……！　今だってリアルでケーくんに会えたからってこんなにはしゃいで……！」

「い、いや、ちょっと」

「で、でも私、本当にケーくんのことを推してて、こうやって会えたのがうれしかったんです……！　め、迷惑かもしれないけど、その気持ちだけはわかってほしくて……！」

不意に表情が不安そうに曇り、しかし必死にそう訴えるゆき。

自分がいかにケイのことを推しているか、それがどれだけ純粋な気持ちか。

そこにいるのはトップアイドルのゆきではなく、まさしくただのファンの一少女で、ゆき推しの俺としてはそのギャップに言葉を失うしかなかった。

だが、同時に俺はその姿を見て妙な親近感も憶えていた。

推しを前にして限界化して取り乱す――それって、俺達と何も変わらないじゃないか。

「あの、雪奈さん」

「ひゃ、ひゃい⁉　ごめんなさいごめんなさい！」

「いやいや謝らなくていいから！　その……、迷惑とか全然思ってないです。っていうか逆で、俺も実は今すごくうれしくて……」

「え、ケーくんも……？」

「っていうのも、実はその……、俺もずっと雪奈さん――いや、ゆき推しだったから」

「えええええ⁉」

……言ってしまった。言うつもりはなかったはずなのに。

でもあんな必死なゆきの姿を見てたら、言わずにはいられなかったんだ。

「お、推し⁉　わ、わわわ私を⁉　ど、どどどうしてケーくんが……⁉」

「いやその反応はおかしくない⁉　アイドルなんだから、俺が推されるよりもよっぽど普通なことだと思うんだけど⁉」

「で、でもでもでも！　あ、あのケーくんが私をなんて……！」

かあぁぁと顔を紅潮させて取り乱すゆきに、俺はゆき推しになった経緯を語る。

一年の時に同じ学校にアイドルがいるって知って、そこから調べてハマって、今年同じクラスになって内心すごくうれしくて――

……って、本人を目の前に言うとすごく恥ずかしいんですけどこれ⁉

でもゆきもさっき同じ気持ちだったんだろうなって思うと、やっぱり言わずにはいられなかった。……なんというか、そう、フェアじゃない気がしたのだ。

「う、うそ……！」

俺が話し終えると、ゆきは目を見開いて俺を見据える。

やがてその瞳からは大粒の涙が湧き出て、すっと頰を伝い――って、な、涙⁉

「ちょっ⁉　な、なんで泣いて……⁉　あ、も、もしかして嫌だった⁉　でも、その、あ、安心はしてほしい！　ストーカーとかそういう的なものじゃ決してなくてですね！　だ、だからその、ごめんなさいごめんなさいごめんなさい‼」

最推しのゆきを泣かせてしまったことに、俺はすさまじく焦る。

半端《はんぱ》ない罪悪感に襲われ、俺は土下座する勢いで頭を下げまくるしかなかった。

「ち、ちが……っ！　そうじゃ、なくて……！」

だがゆきはグシグシと目元を擦《こす》りながら、必死に声を絞り出そうとする。

「ちが、うの……！　わ、私、うれしくて……！」

「……え？」

「だ、だって、私が推してる人が私のことも推してくれるなんて……！　ケーくんも私を推してくれてたなんて思ってもなかったから……！　私、すごく幸せで……！」

言葉を続けるゆきに俺が慌ててハンカチを差し出すと「ありがと……！」と受け取って涙を拭う。目こそ赤くなっていたものの、そこにあったのは輝かんばかりの笑顔だ。

「ぐす……っ。私達、実は『両推し』だったんだね……‼」

「いや、そんな言葉あったっけ……？」

思わずツッコんでしまったがゆきは気にすることもなく、ハンカチをぎゅっと握りしめたまままさっきの涙はどこへやら。本当に幸せそうな笑顔を見せてくる。

……こ、これはヤバい。可愛すぎる……！

俺は慌てて視線を外し、なんとか冷静さを保とうと小さく深呼吸をする。

……し、しかし『両推し』とは……、言葉の有無はともかく、既にわかってはいたことだけど、ゆき自身の口からそう言われるとさすがに破壊力がデカい。

俺がケイだってことがバレて、しかもゆき推しだってことまでつい流れで言ってしまった。仕方がなかったとはいえ、これからはもっと気を引き締めないといけない。

ゆきから推されていることはマジでうれしいんだけど、だからこそ余計にゆきに迷惑をかけるようなことは避けたい。『両推し』だからこそ、線引きはちゃんとしないと。

「えへへへへ……。ケーくんのハンカチ……！」

そんなことを考えている間も、ゆきはほわほわした雰囲気で幸福感に浸っている。

……くそっ、やっぱ可愛いな。俺の推しが可愛すぎて辛《つら》い……！

「あの、……ケーくん？」

「な、なんでしょう？」

「私、ケーくんとこうやって出会えて本当にうれしかった。今までも好きだったけど、リアルのケーくんに会ってもっともっと大好きになっちゃった。これからは配信だけじゃなくて、学校でもケーくんと一緒にいられるんだって思うと、すごく幸せで……」

「へ？　そ、それは……」

ゆきの言葉を聞いて、俺はギクッと身体《からだ》を強張《こわば》らせる。

……が、学校でもって、それは線引き的にちょっとマズいんですけど？

しかしゆきは、そんな俺の内心の動揺など知るはずもなく、こう続ける。

「だから私、これからもケーくんのこと、ずっと推していっていいですか……？」

どこか遠慮がちな上目遣い。不安と期待が入り混じったような懇願する表情。

そんな顔で、最推しにこんなお願いをされたら――

「……こ、こちらこそ、よろしくお願いします……」

もうそう答えるしかない。

推しとは適切な距離を保つべし、という信念は確かにある。

だけど、

「……っ！　はい‼」

だからといって、この素晴らしい笑顔を曇らせることなんて、ゆきを推している者としてできるはずもなかった。

「ありがとうケーくん！　本当に、ありがと……！」

感極まった様子でまた目じりに涙を浮かべるゆきを見て、俺は改めてこう思う。

――俺の推しは、やっぱり最高に可愛い、と。

「あ、そうだ、写真……！　き、記念に一緒に写真撮ってもらっていいですか⁉」

「……あれ？　でもそういうのって、雪奈《ゆきな》さん的に困るからダメなはずじゃ……」

「？　そんなこと私言いましたっけ？」

そして不思議そうな顔で首を傾《かし》げるゆきに、俺の推しはそういう天然なところも可愛いと思ってしまうのだった。

▽

「あ、戻ってきた！」「マジでゆき、天宮《あまみや》と一緒じゃん」「え？　え？　どういうこと？」

教室に戻ると、クラスメートの視線が一斉にこちらに集まるのを感じた。

けど、それも無理はない。なんせあのゆきに手を引っ張られて二人で行方をくらませていたんだ。そりゃ噂《うわさ》にもなるよな。

案の定その話は既に広まってるらしく、多くの生徒達が登校してたってのも相まって、ある程度覚悟していたとはいえものすごく居心地が悪い。

「ねえねえ、どこ行ってたの？　ゆきと天宮くんってどういう関係？」

そんな中、いつもゆきと一緒にいる女子グループの一人が前に出て、ストレートにそんな質問をぶつけてきた。

どうやら質問者代表として既に決まっていたらしい。準備よすぎだろうちのクラス。

「……ケーくんケーくん」

そんなことを考えていると、不意に耳元で囁《ささや》き声が聞こえてきた。

ゆきが俺に耳打ちしてきたのだが、その感触のくすぐったさとゆきに耳打ちされてるって事実に脳が一瞬とろけそうになる。……こ、これはヤバい。

「……ケーくんが『ケイ』だってことは、ちゃんと秘密にするね」

しかし続いて聞こえたその言葉に、俺はハッとなる。

……ゆき、俺のことを気遣ってくれてるのか。マジ天使かよ……。

「み、耳打ち!?」「ゆ、ゆきの耳打ちとかうらやま……！」「マジどういう関係だ!?」

当然のことだが教室中がゆきのその行為を見て騒然とする。

中には俺が懸念《けねん》してた通り「あの二人、まさか付き合ってるとか……」「ゆきに恋人とかマ!?」などと言った声も聞こえてくる。

……まあ当たり前だよな。となると、俺が取るべき行動は一つ。

「み、みんな違うんだ。聞いてくれ！」

俺は声を張り上げて言う。みんなから注目を集めるなんて初めてのことだから声が若干上ずってしまったが、気にしてる場合じゃない。

「俺と雪奈さんはそういうのじゃなくて……！　実は俺はケイっていう実況者なんだ！」

「え、ケーくん⁉」

俺のカミングアウトに、ゆきは驚いたように振り向く。

だけど俺は気にせず「だから変な誤解はしないでほしい」と続けた。

「……ケイってなに？」「さあ？」「実況者とか言ってたけど……」

クラスメートの反応は最初鈍かった。しかしやがて、

「あ、俺知ってる！　昨日ゆきが配信で言ってたやつじゃね⁉」「俺も聞いてた。ゆきが推してるってやつだよな」「ああ、ＹｏｕＴｕｂｅｒの」

といった反応も出てきて、徐々にその情報が伝わっていく。

「……いいの？　みんなに言っちゃって。ケーくんがケイだってバレちゃって、迷惑とかかからないかな……？」

ゆきは不安そうに俺を見るが、迷惑っていうならあのゆきに恋人がいるって誤解の方がはるかに迷惑だろ。推しにそんな迷惑をかけるくらいなら、俺の正体がバレるなんて全然重要なことではない。これはマジで。

「顔バレして、ケーくんに……、す、ストーカーとか出てきたらどうしよう⁉　あの、そ

の時は私が全力でケーくんを守るからね！」

「何の心配をしてるんですかね⁉」

ふんすと鼻息を荒らげるゆきに、俺は普通にツッコんでしまう。

……この人は自分がトップアイドルだって自覚はあるんだろうか？　ったく、こういう天然なところもまた可愛《かわい》いがすぎるから困る……！

「えっと、つまりゆきは天宮くんがその実況者のケイだって知って、それで二人でどっか行ってお話ししてたってことなの？」

代表者女子がそうまとめると、ゆきはチラッとこっちを確認した後、

「うん、そうだよ」

そう答えて頷《うなず》くと、途端に教室内の雰囲気はなーんだと弛緩《しかん》した。

……ふう、これで変な誤解はされずにすんだな。よかったよかった。

「実はね、朝早くに教室に行ったらケーくんが一人でLoFやってたんだ。それでちょっと覗《のぞ》いてみたらすっごく上手で！　それでそのプレイには見覚えがあって、よく聞くと声もケーくんと一緒だって気付いたんだ！　しかも使うキャラも武器も全部一緒だって気がついて！　それで天宮くんがケーくんだってわかってビックリ！　まさかこんな近くにケーくんがいるとは思わなかったから、私うれしくって……！」

だが次の瞬間、ゆきが堰《せき》を切ったように語り出したことで、再び空気が騒然となる。

ゆきとしては俺がケイだってことを隠す必要がなくなって、抑えていたものが一気に噴き出したって感じなんだろうけど。

「ちょいちょい！　わかった、わかったからちょっと落ち着きなってゆき！」

友達にそうたしなめられてもゆきの勢いは止まらなかった。

その姿はさっきも屋上で見たけど、まさに推しのよさを一方的に語って布教しようとするオタクそのもので、普段のクールな高嶺《たかね》の花の姿とはとても思えない。

その衝撃は相当なものだったようで、教室内からは、

「すご……、あんなゆき見たことない」「マジで天宮くんのこと推してんだね」「なんかわたしもちょっと興味出てきたかも」「うん、後で天宮のチャンネル見よーよ」

などと言った声が、主に女子達から聞こえてきた。

一方男子はというと、

「……おい天宮ぁ」「くそぅ、ゆきにあんなに推されやがって！」「うらやましい！　何が実況者だ！」「ＬｏＦなら今から俺らと勝負しろぉ！」

と、一部が怨嗟《えんさ》交じりのどす黒いオーラをまとって迫ってきた。

「ええ……、別にいいけど……」

正直めんどくさかったが、俺もアイドル推しの者として気持ちはよくわかったので、仕方なくその勝負を受けることに。

ＬｏＦを立ち上げ、訓練所に入り試合を始める。

……なんかナチュラルに一対四の構図になってんだけど、まあいいか……。

そして数分後。

「……う、うそだろ」「なんで一対四で負けた……？」「しかもこっちの弾、一発も当たってなかったんですけど⁉」「これがゆきに推される者か……！　ぐふっ」

そこにはスマホ片手にドヨーンと机に突っ伏す男子四人の姿が。

……こいつら、なんかノリいいな。

「すげーな。完封勝利じゃん」「あんな動きできるんだな……」「ヤベぇ、マジ上手《うま》かったぞ」「天宮くん、本当に強いんだねー！」「……ちょっとカッコよかったかも」

見物していた周りの生徒達も、勝負の結果を見て口々に感想を述べる。

……なんか感心されてるみたいだけど、今のは俺がどうこうよりこいつらが弱すぎただけだぞ。射線も切らずに突っ込んできたら、そりゃ遠慮なく撃つわ。

「ね？　ね？　上手いでしょ？　本当にケーくんでしょ？　えっへん！」

「なんでゆきが自慢げなの？」

謎に胸を張るゆきは、友人にツッコまれてもどこ吹く風だ。

「まあケーくんに勝てる人なんてそうそういないからね！　なんせケーくんは前のシーズン、たったの七時間三十九分五十七秒でブロンズからグランドマスターに駆け上がったくらいの実力者だから！　ふっふーん！」

「だからなんであんたが偉そうにしてるの⁉　しかも時間細かっ！」

「だって生配信で見てたし、アーカイブも何回も見直したしね！」

……いやマジで細かいんですが？　俺自身もそこまで正確に時間とか把握してなかったのに。しかも秒単位でとは……。

まるで自分のことのように俺の自慢を続けるゆきの姿に、俺はなんだかくすぐったいような、むずがゆいようなそんな気分になる。

「……あ、あの、ケーくん」

そんなことを考えていると、不意にまた耳元からゆきの声が聞こえてきて、俺はビクッと身体を震わせる。

「な、なに……⁉」

微《かす》かな息遣いと甘い香りにどぎまぎしていると、ゆきは「……う、うん」と少し言いよどみながら続けた。

「……実はお願いがあるんだけど、いいかな……」

頬を染めてモジモジとしながらのそのセリフはすさまじい威力で、俺はあまりの可愛さに本気で脳が破壊されるかと思った。

「……実はさっきの試合録画してたんだけど、そのまま保存して持っててもいい……？」

「へ？」

突然意外なことを言われて、俺は一瞬理解が追いつかず気の抜けた声を出す。

するとゆきはさらに顔を赤く染めて、

「ケーくんの活躍は全部残しておきたいの……！　配信は全部バックアップとってるけど、これはここで保存しないと消えちゃうから……！　あ、も、もちろんお礼はするからね！ケーくんが好きな曲を歌って動画を撮ったりとか！　なんなら新曲でも……！」

「ゆ、ゆきの歌ってみた動画⁉　しかも新曲⁉」

なにその超レアもの⁉　ファンとして見たいどころの騒ぎじゃないんだが⁉

ってか、さすがにそんなの見せてもらうわけにはいかないだろ！　超見たいけど……！

「あ、あの、こんなのじゃお礼にならないかもだけど……！　ダメかな……⁉」

交換条件が破格すぎて取引にさえなってないことにも気がつかないまま、どこか必死な様子で懇願してくるゆきの姿に、正直俺は言葉を失ってしまった。

……いや、ちょっと、マジでこれは可愛すぎないか……？

その瞬間、俺はゆきに推されているという事実を初めて強く認識できた気がした。

昨日のあの出来事からずっと、頭ではわかっていてもどこか現実感がなかった。

でも今このゆきの姿を見て、ようやく俺は推しに推されているということがまぎれもない現実の出来事だと、心の底から納得できた。できてしまった。

……うわ、これヤバい。心臓が破裂しそうなくらいうるさい……！

「……ね、ダメ？　リアルでケーくんに会えた記念の試合だし、そ、それにすごくカッコよかったから……！　あのあの、絶対流出とかさせないから……！」

無言で呆然《ぼうぜん》と見つめる俺に、何か勘違いしたゆきが両手をワタワタさせながら一生懸命お願いしてくる。その姿があまりにも尊すぎて——

「……う、うん、いいよ」

「ほんとに!?　ありがとうケーくん！」

俺がコクリと頷くと、ゆきはそう言って満面の笑みを浮かべる。

その極上の笑顔を眺めながら、俺はただただ二つのことだけを考えていた。

一つ目は、これからも一生ゆきを推し続けていこう、ということ。

そして二つ目。

俺の推しは、やっぱり最高に最高に最っ高に！　可愛い女の子だってことだよ！

……あ、ちなみにゆきの歌ってみた動画はさすがに辞退しました。

☆

「――っていうことがあってね！　花梨《かりん》ちゃん、聞いてる⁉」

「……聞いてる聞いてる。聞いてるからちょっと落ち着いて、のぞみ……」

その日の夜、私は事務所で花梨ちゃんとお話をしていた。

話題はもちろん、今日リアルでケーくんと出会えたこと。

あの時の感動はまだずっと胸の中で熱を帯びていて、全然冷めることがない。

うれしくてうれしくて、私は親友の花梨ちゃんに話を聞いてほしくてたまらなかった。

「それでケーくん、あっという間に四人全員を倒しちゃって！　ケーくんが強いのは知ってたけど、リアルで見られてもう本当にカッコよかったんだよ！」

「……ねえのぞみ、気付いてないかもしれないけど、その話もう五回目だよ？」

「あ、まだ五回なんだ。じゃああとさらに五回は話さないとね！」

「ツッコミを素で返さないでよ⁉　冗談でも普通に怖いわ！」

そう言って後ずさる花梨ちゃんに、私はクスクスと笑う。

ちなみに、冗談のつもりは全然なかったんだけど。

「……はぁ、のぞみさぁ、リアルで推しと会えてうれしかったのはよーくわかったけど、ちょっとはしゃぎすぎじゃない？　あんたのそんな姿、初めて見たんだけど」

「だって本当にうれしかったから仕方ないよ。だってケーくんだよ？　リアルケーくんと会えたんだよ？　地球が爆発するくらいうれしいに決まってるよ」

「表現よ表現！　……ったく、のぞみが幸せそうにしてるのはいいんだけどさ」

花梨ちゃんはそう言って、苦笑しながら肩をすくめる。

なんだかんだちゃんと話を聞いてくれるから、花梨ちゃんはいい子だ。

「……で、どうだったの？」

「どうって、何が？」

「そのリアルケーくんよ。リアルの推しってのはどんな男の子だった？　クラスメートだってことは聞いたけど」

「配信とまったく一緒だったよ。カッコよくて優しくて、生声なんてもう最高で！　ああ、思い出しただけで耳が幸せに……」

「会話中に普通に浸らないでくれる!?」

呆《あき》れる花梨ちゃんは置いておいて、私は学校でのことを思い出す。

偶然の早朝登校。そしてそこからの出会い。

まさかクラスメートがケーくんだったなんて、今まで話したことがなかったからわからなかったけど、こんなの運命的なんて言葉じゃ足りないくらいすごいことだと思う。

うれしくてうれしくて、私は必死で気持ちを伝えようとして……。

思い返すと、我ながらすごく迷惑だった。

無理やり屋上に連れ出したりして、怒られててもおかしくなかった。

しかもいきなりクラスメートが「あなたのファンです！」なんて、そんなの困惑するに決まってる。なのにケーくんは、そんな迷惑な私をちゃんと受け入れてくれた。

ケーくんの少し困ったような、それでいてどこまでも優しい笑みを思い出す。

あの笑顔が自分だけに向けられていたかと思うと、もうそれだけで頭が幸せでいっぱいになってしまう。胸がきゅうってなって、なんだか泣きたくなる。

あ、そういえば私、ケーくんも私を推してくれてるって聞いて、うれしすぎて泣いちゃったんだっけ……。

ほんと、今思い返すとすごく恥ずかしい姿を見せてたと思う。それでもケーくんは優しく受けとめてくれたけど、うう～……っ！

「……はぁ、尊い。推しが尊すぎて辛《つら》い……」

「やれやれ、何でもいいけどそろそろ戻ってきなさい」

耳元でパンパンと手を叩《たた》かれて、私は「ふわ？」と我に返る。

すると呆れた顔の花梨ちゃんが、もう一度やれやれと首を振っていた。

「本当にそのケーくんが好きなんだねのぞみは。まあいいんだけどさ、さっきの惚《ほう》けてた姿は、とてもアイドルとは思えなかったよ？」

意地悪そうにそう言って笑う花梨ちゃんに、私は胸を張ってこう答える。

「推しを推すのにアイドルかどうかなんて関係ないよ。好きなものは好きなの」

そう、誰かを推すのに立場なんて関係ない。

推したいから推す。それだけでいいんだって、私は思う。

「……トップアイドルにここまで推されて、そのケーくんってのは幸せだね。なんか、あたしもリアルのケーくんに会いたくなってきたわ。のぞみがそこまで推す男の子がどんな感じか、この目で見てみたいし？」

「あ、花梨ちゃんもやっとケーくんの良さに気付いてきた？　じゃあ今から一緒にケーくんのアーカイブ見ようよ！　それでこれからは一緒にケーくんを推そうね！」

「い、いやだから、あたしはリアルの姿が見たいって言っただけで……」

花梨ちゃんが何か言ってるけど、私は気にせずスマホに保存しておいたケーくんの配信アーカイブを検索する。

　どれにしようか迷っていると、ふと最新のファイルに目が留まった。

　今朝、クラスの男子との試合を録画したやつだ。

　リアルケーくんの初めての動画で、私以外は誰も持ってない特別なアーカイブ。

　……ケーくんの特別——そう思った瞬間、私の頰がカッと熱くなった気がした。

　同時に、胸の奥でこれまで以上にケーくんを推す気持ちが強くなっているのもはっきりと感じた。これまでもずっと推してたけど、もっと、もっともーっと推したい。そんな欲求が抑えきれなくなる。

「……はぁ、ケーくんてぇてぇ……！」

「まったくもう……。真剣な話、誰かを推すのは別にいいけどさ。私達はアイドルなんだから、そういうところはちゃんと気をつけなよ？　炎上でもしようものなら——」

「ほら見て花梨ちゃん、昨日アップされたこの動画とかおすすめだよ！　私は生で配信を見てたんだけどすごく面白くて——あ、こっちのアーカイブも捨てがたいかな！」

「って聞いてねーし……」

　花梨ちゃんはなにやらジト目でため息を吐《つ》いていたけど、私はただただ推しの雄姿を見てもらいたくて、全力でスマホを突き出すのだった。

第二章　幼馴染《おさななじみ》でVTuberだけど推してもいいですか？

「それじゃ今日はこの辺で――…………はぁぁ、疲れた……っ！」

そう締めくくって配信を終えた俺は、大きく息を吐きながら椅子にもたれる。

バズった後の初めての配信はなんとか無事こなせたが、終始緊張しっぱなしだった。

なにせ今まで同時接続数一〜二人とかだったのに、今回一気に五桁にまで膨れ上がってたからな。さすがに落差がすごすぎてめまいがするレベルだったぜ……。

もちろんその全員がゆきのあの配信がキッカケで来てくれた人達で、感触としては正直なところいっぱいいっぱいでよくわからなかった。

上手《うま》いと褒めてくれる人や「これがゆきの推し？」と懐疑的な人、バズったから見に来ただけという人や、単なる冷やかしまでいろいろいたけど、推してくれたゆきには絶対恥をかかせられないという思いで必死だったから、気にしてる余裕もなかった。

「……ふぅ、でもなにはともあれ無事に終わってよかった」

俺はホッとしながら、今の配信のアーカイブをチェックしてみる。

するともう既に再生数が一万以上になっていて、コメントも多く来ていた。

……マジで昨日までとは別世界だな、と思いながら適当にコメを流し見ていると、わんころもちという名前が真っ先に出てきた。

ライブ中もチャット欄でコメントしまくってたし、アーカイブのコメ欄でも一番乗りとか、改めてゆきに強く推されていることを自覚して顔がニヤけてしまう。

だがそのすぐ下のコメントが目に入った瞬間、ギクッと身体《からだ》が強張《こわば》った。

『このわんころもちって人、バズる前からずっとコメしてるな。実はこの人がゆきだったりするんじゃねｗ』

「や、ヤベー……！」

ダラダラと冷たい汗が流れる。

いや、このコメント自体はたぶん何気なく書いたものだとは思うんだよ？　思うんだけど、内容はまさに大当たりだから心臓がちょっとヒュンってなったわ。

もしコメ欄にゆきがいるとわかれば間違いなくパニックになるよな。配信どころじゃなくなるし、ゆきにとってもマイナスだ。これはなんとかしないと……。

「……とりあえず、もう少しコメ頻度を下げるよう言ってみるしかないか」

今度学校で伝えようと思いながら、俺はアーカイブを閉じて気分を切り替える。

さて、無事配信も終わったことだし、これからは一息つく時間だ。今日はこの後、大人気VTuber堕天院《だてんいん》マリエルさまの配信があるのだ。それを見て疲れをとるとしよう。

マリエルさまの落ち着いた雰囲気の声や話し方はマジで癒《い》やされる。それなのに実況の時とかは結構ぶっ飛んでたり、雑談では毒も適度に混ぜたりと、とにかくトークが上手いんだよな。しかもたまに普通にやらかしてポンコツ可愛《かわい》いところも見せてくれたりするからたまらない。この前のパズルゲーム配信で勝ちを確信してドヤってたら、実は詰んでてゲームオーバーになった時のリアクションは本当に素晴らしかった。

……いやぁ、あの時の慌てたマリエルさまの可愛さはマジで国宝級だったわ。普通に限界化して、その勢いで思わずグッズをポチったくらいだ。もう持ってるやつなのに。

あのキャラのアダルティックな見た目も好きだし、そのギャップもまたいいんだよな。マリエルさま配信は何時間でも見てられるからすごい。ゆきと同じく、俺にとってはもはや必須栄養素レベル。昨日の配信が急遽《きゅうきょ》中止になったこともあってマリエルさま成分に飢えているので、今日は存分に摂取させてもらおう。

「マリエルさま、今日は何するんだろ。マジで楽しみすぎる！　とはいえ……、んー、まだ始まるまで少しあるな。……DMのチェックでもして時間をつぶすか」

配信開始まで待ちきれなかったが、俺は気を紛らわせようと思い、バズって以来触ってなかったＤＭの整理でもしようとブラウザを開く。

案の定結構な量が来ていて（まあ全部ゆき関連のものだろうけど）、どうしたものかと思っていたちょうどその時、また新たなＤＭが届いた。

……が、その差出人の名前を見て思わず「は？」と声が出た。

堕天院マリエル @Mariel_fallen――

「マリエル……、え？　マリエルさま？」

いきなり、今ちょうど考えていた推しＶＴｕｂｅｒの名前が出てきて、俺はついつい二度見してしまう。

最初は当然なりすましのイタズラか何かだと思ったのだが、そのＩＤには見覚えがあったので念のため公式アカウントを確認してみると、なんと一致しているじゃないか。

俺はまさかと思いつつ、ＤＭの中身を確認してみる。するとそこには、俺とのコラボをしたいというお誘いの内容があった。

文面はマリエルさまと同じお嬢さま風の丁寧な『ですわ』口調で、突然のＤＭを謝罪するところから始まっており、今日これからやるＬｏＦ配信に一緒に出てくれないかといったことが懇切丁寧に書かれていたのだ。

「ま、マリエルさまとコラボ!?　い、いやまさかそんなことが……！」

何度もＤＭと公式のＩＤを見比べてみたが、やはり同じ。となればこれはやはり本物と考えるしかないわけだが、それでも俺はまだ信じられないでいた。

……だって、仕方ないだろ？　マリエルさまはただの有名人じゃない。もはや伝説といってもいいくらいの存在なんだ。ＶＴｕｂｅｒは数多くいるけど、デビューから一月も経《た》たないうちに登録者数百万人に達するという大記録を打ち立てたのはマリエルさまだけなんだぞ？　まさにレジェンドの称号に相応《ふさわ》しい人だ。

俺も初配信から見てたけど、あの時の衝撃は今でも忘れられない。ゲームをはじめとするオタク文化が好きすぎて天界から追放された堕天使という触れ込みで登場したマリエルさま。設定もデザインも、そしてキャラそのものも全てが絶妙にマッチしていて、多くの人を一瞬で魅了してしまった。

もちろん、俺もそのマリエルさまに魅了されてしまった者——マ天使の一人だ。ほとんど夢見心地で配信を眺めてて、気がついたらチャンネル登録はもちろん、メンバーシップ加入も果たしていたくらい。以来俺はマリエルさまを推し続けているわけだが、マジで可愛いがすぎるんだよなあのお方は！　今まで何度限界化させられたことか……！

あんな経験をさせられたのはゆき以来だったから、マジで衝撃的だった。

こういうと、ゆきとマリエルさまのどっちをより推してるのかと訊《き》かれるかもしれないが、それは愚問だな。超クッソ愚問。

比べられるもんじゃないんだよ。どっちもそれぞれ違う次元で最高なんだよ！　ゆきもマリエルさまも、俺の中では並び立ってるんだ！　二人とも俺の最推しでなんの矛盾もない。推し予算もキレイに折半だ。やりくりはすげー悩ましいけどな！

……とまあ、つい熱く語ってしまったが、俺がそれくらいマリエルさまを推してるってことで理解してほしい。ゆきという推しが既にいた俺の心を揺さぶってしまうほどの魅力の持ち主。それは同時に多くの人の心もわしづかみにしてしまい、今やＶＴｕｂｅｒ界のトップに君臨するのが堕天院マリエルというお方なんだ。

つまり何が言いたいかというと、そんな雲の上の人物からこんなＤＭが届くなんてあり得るか？　ってことなんだが——……やっぱりＩＤは本物なんだよな……。

「……念のため、念のためだ。とりあえずは返信を——って、はやっ⁉」

俺が確認のためにそのＤＭに返事をしてみると、あっという間に反応が返ってきた。

……い、いくらなんでも速すぎないか？　ＢＯＴ並みの速度だったぞ……。

俺は「やっぱりイタズラかも……」と呟《つぶや》きながら内容を確認してみる。

こっちから送ったのは大まかに、本物のマリエルさまなのか、今からというのはずいぶん急じゃないか、一緒に出るというのはどうすればいいのか、といった疑問だった。

それに対して返信は、自分は本物のマリエルで、急な話なのは申し訳ない。とりあえず今回は声の出演はなしで、一緒にプレイするだけで大丈夫、とのことだった。

そして最後に「パーティーを組むのでまずフレンド申請をしてください」とＬｏＦのアカウントＩＤとパスワードが表記されていて、俺はそれをマジマジと見つめる。

……こ、このＩＤにも見覚えがある。や、やっぱり……⁉

すぐさまＬｏＦを立ち上げ、震える手でＩＤとパスを入力。

そして『フレンド申請してパーティーを組みますか？』という問いにＹｅｓ――

「う、ウソだろ⁉　じゃあ本当に……！」

待ち受けロビーの画面で、俺の持ちキャラである『シャドウハンター』の隣にマリエルさまが愛用している『ダークウィング』が立っていて、その上に配信で何度も見たことがある本物のマリエルさまのＩＤが表示されていたのだ。

『よかった、無事パーティーを組めましたわね。急なお誘いをお受けいただいてありがとうございました、ケイさま』

そして驚きの余韻に浸る間もなく、チャットにそんなメッセージが表示されて、俺はいよいよ現実を受け入れざるを得なくなる。

「うわっ⁉　ま、ま、マジでマリエルさまなんだけど⁉　ちょっ、ええ⁉　ま、マリエルさまにパーティーに誘われるとか……！　うわ、うわぁっ！」

推しのVTuberに直接お誘いを受けた事実にあっという間に限界化する俺。

あまりのことに思わず部屋の中をグルグルと歩き回りたくなる衝動にかられたが、すぐに「早く返事をしないと！」と思い、俺は慌ててキーボードを叩《たた》く。

『ここちらこそコラボに誘ってもらてありがとございます』

「だぁっ！　焦《あせ》って誤字脱字が……！」

動揺がそのまま出たような文章に、思わず顔が熱くなる。

『ケイさまについては、本当はもっとちゃんとした手順を踏んでお招きしたかったのですが、いきなりのことになってしまい申し訳ありませんでした』

しかしマリエルさまは気にした様子もなく、やっぱり丁寧な返信。

……ヤバいこれどうしようこれ⁉　ほ、ほほほ本当にマリエルさまとやり取りしてるんだけど俺⁉　こ、こんなことが現実に起こっていいんですかねぇ⁉　ああもう、なんか変な汗が出てきた‼

俺はあまりのうれしさに感情が振り切れそうになっていたが、マリエルさまにそんな醜態を晒《さら》すわけにいかなかったので、なんとか落ち着こうと努めながらさらに返信をする。

話したいことはいろいろあったけど、配信開始までもうあまり時間はなかったので、とりあえず配信中はどうすればいいのかだけ取り急ぎ確認。

するとヽ音声での出演は今回はないので進行はマリエルさまに任せ、俺はいつも通りのゲームプレイをしてくれればいいとのことだった。

……よ、よかった、それなら何とかなる。突然のことに正直いっぱいいっぱいだけど、マリエルさまのためにも、俺は言われた通りプレイに集中するとしよう——……っと、そうだ、その前に一つだけ。

『どうして俺とコラボをしようと思ったんですか？　よければ理由を教えてほしいです』

俺は震える手でかろうじてその質問を打ち込み、送信した。

それは、実際のところずっと気になっていたことだった。

俺はマリエルさまをずっと前から知ってたけど、もちろん接点などはない。

だからマリエルさまはどうやって俺のことを知ったのか、純粋に疑問だったのだが、

『昨日の雪奈《ゆきな》のぞみさんの件で』

しばらくして、そんな簡潔な文章が返ってきたので納得した。

……なるほど、やっぱりそうか。まあ俺の存在が知られるなんてそれしかないよな。

俺はうんうんと頷《うなず》く。なんかさっきまで一瞬で返ってきてた返事が今回だけちょっと時間がかかったような気がしたけど（それに文面もどこか素っ気ないような気がしないでも

ないけど）配信の準備で忙しいのだろう、きっと。

「やっぱゆきバズの効果はすごいな」

なので俺は特に気にせず、改めてゆきの影響力の強さに感心していると、マリエルさまから『そろそろ配信が始まりますのでチャットは切り上げますね』ときたので、俺は慌ててスマホの準備をする。

ＰＣ画面はＬｏＦでふさがってるから配信はこっちで……、と思いながらマリエルさまのチャンネルを開くと、ちょうどオープニングが流れているところだった。

『こんマリエルですわー。さあ今日も堕天院マリエルの宴《うたげ》が始まりますわ。皆様方、堕《お》ちる準備はよろしくて？』

間もなく本編が始まり、いつもの挨拶とともにマリエルさまが登場する。

銀色の長い髪に、背中には黒い翼。微笑をたたえた艶《あで》やかな表情と、そして男ならどうしても目がいってしまうたわわな胸元。お嬢さまさながらの『ですわ』口調で話すこのお姉さんこそが、大人気ＶＴｕｂｅｒの『堕天院マリエル』その人だった。

「うわ、マジで俺が映ってるんですけど⁉」

そんな推しのチャンネルに、今まさに俺が出演していた。

画面はＬｏＦのロビーで、そこにはマリエルさまに並んで立っている俺の姿が！

や、ヤバい、推しの画面の中に自分がいるのがこんなにうれしいことだとは……！　自分でゲーム実況やってるくせになに感動してんだとツッコまれてしまうかもだが、それとこれとはまったく別口なんだよ！　マリエルさまのチャンネルに出てるってとこがすごいんだ！　これは感動するのも当然だって！

『さて、今日の配信はＬｏＦなのですが、実は急遽《きゅうきょ》ゲストをお呼びしてのコラボ企画でお送りいたしますわ。そのゲストとは、もう既に画面に映っていますが、今話題のゲーム実況者、ケイのゲーム実況チャンネルのケイさまですわー！』

マリエルさまに紹介してもらってる……！　なんかもう、なんていっていいかわからない感覚で、身体《からだ》が勝手にくねくねしてしまうんだが⁉

俺は身悶《みもだ》えしそうになるのをなんとか耐えながら、スマホを見て配信のコメントを確認するのを怠らない。

そこには純粋にコラボに盛り上がっているリスナーもいれば、いきなりの俺の出現に『誰？』とか『知らん』とか『そういえば昨日バズってたような』などといった反応を見せる人もいて様々だった。

まあでもそれも当然だよな。俺だって、聞いたことのない実況者とのコラボとかいわれたら「なんで？」ってまず疑問に思うし。

『ケイさまのＬｏＦの実力は相当なものですわ。なので今日はわたくし、ケイさまにキャリーされながらランクマを回していきたいと思いますわ』

マリエルさまもそう言って、しっかりハードルを上げてくる。

さすが堕天使。魔性の女だ。まるで見てきた風に言ってくれるじゃないか。

……いいさ、マリエルさまに恥をかかせないためにも、無様なところは見せられない。お言葉通り、キャリーするつもりでやってやるぜ！

俺は配信を眺めながら、これまでになくやる気をみなぎらせる。

『では、始めていきますわよ』

その言葉とともに、マリエルさまがキューを入れる。

すぐにマッチし、俺達はデュオなので三人目のメンバーが野良《のら》で入ってきて、それぞれ使用キャラを選択すると間もなく試合が始まった。……よし、いくぞ！

『さてマップは……、今回はナイトフォレストですわね』

ナイトフォレストか。文字通り夜の森林ステージだ。

全体的に暗く木々も生い茂っているため、敵の位置の把握とステルス行動が勝利のカギとなるマップ。センサー装備でスナイプも強いが、最終フィールドに向けて接近戦用装備を重視した方が実は勝ちやすかったりするんだよな。

そんなことを考えながら、俺達はドロップシップから降下していく。

今回の降下指揮はマリエルさまの役割だ。マリエルさまはＬｏＦを配信でもやっているだけあってかなりの腕前の持ち主。降下もスムーズに成功し、敵部隊とのバッティングもなく、まずまずの出足になった。

俺達はそれぞれ降下場所で装備を集めていく。ＬｏＦは最初全員が丸腰で出撃し、武器や防具を全て現地で調達して戦うという、サバイバル要素のあるバトルロイヤルシューティングだ。だから運要素が強く、それが同時に面白いところでもある。

『やりましたわ！　いきなりＲＧ１０５をゲットしましたわよ！』

今回ゲーム内ボイチャは使用していないので、配信からマリエルさまの声を聞く。

どうやらお得意の武器を早速拾えたらしい。幸先《さいさき》がいい。

俺と野良も適当な武装を整えると、早速その場から移動する。現在地は安全地帯の外なので、特に理由がない限り時間切れになる前に移動するのが得策だ。

『あっ、今音がしましたわ！　二時の方向ですわ！』

マリエルさまの言葉通り、ちょうど今向かっている方向から銃声が聞こえた。

どうやら敵部隊同士でやり合っているところらしいけど……。

『これは漁夫チャンスですわね！　早速いただきですわ！』

そう言ってマリエルさまが突撃しようとしたが、直前で俺はバックピンを出しそれを止めた。ボイチャがなくてもこのゲームはある程度の意思疎通ができるのだ。

『どうしたんですのケイさま？』

足を止めたマリエルさまに、俺は別部隊がいることを示すピンを出す。

実はさっき右前方の丘の上に一瞬だけ人影が見えたのだ。おそらく俺達と同じく、今やり合ってる連中を漁夫ろうとしている別部隊だ。

俺達はそのまま足を止め木陰に身を隠す。すると銃声が収まった後少しして、また別の銃声が聞こえてきた。生き残り部隊に漁夫狙い連中が攻撃を仕掛けたんだ。

……ここだな。

『なるほど、漁夫の漁夫戦法ですわね』

今度こそ突撃していく俺達。

狙い通り二つの部隊がちょうどやり合っているところで奇襲をかけると、相当消耗していたらしい敵さんはあっという間に俺達の攻撃で倒れていった。

『やりましたわー！　アーマーも最高レベルをゲットですわ！』

倒した相手のアイテムを奪いつつ、俺は周囲への警戒を怠らない。

……どうやら漁夫の漁夫のそのまた漁夫はなさそうだ。一応敵が来た場合の逃走ルートは決めてあったけど、必要なかったみたいだな。

俺は警戒を解き、素早く自分の装備をアップグレードしていく。

とその中で、いつも愛用している777マグナムを見つけたので拾っておいた。

こいつは強力だが発射間隔が長く、装弾数も少ないというかなりピーキーな武器で、一般的には弱武器に分類されているが、俺は手応えが好きでいつも使っているのだ。

一通り戦利品をゲットして残存部隊数を確認すると、もう十部隊も残っていなかった。

三十部隊でスタートだから、今回はなかなか減りが早い。みんな激しくやり合っているらしいけど、その分残ってるやつらは手強《てごわ》いということになる。

俺達は既に安全地帯に入っているということで、周囲の警戒だけしつつその場から特に動く必要はなかった。

そうこうしているうちに残存部隊数もさらに減っていき、残り四部隊になったところでついに最終ラウンドに突入。安全地帯がなくなりフィールドも収縮していくため、ここから先は炙《あぶ》り出《だ》された者同士で正面衝突することになる。

『……行きましょう。バリアが迫ってきていますわ』

マリエルさまの言葉に従い、俺達は潜んでいた建物から飛び出す。

しかしその瞬間、左前方から足音がして、間もなく木々の間に火線が走った。

『敵ですわ！　皆さま方応戦を！』

迫りくるバリアに追われながら、森の中に銃声が響き渡る。同時に少し離れ場所からも別の銃声が聞こえてきて、どうやら他の二部隊もやり合っているらしいことがわかった。

俺は走りながらなんとか敵一名を仕留める。素早く振り返り、マリエルさまとやり合っていた敵を背後から撃って倒した。

『ありがとうございますケイさま！　……ああ、野良の方が！』

だがその時、少し遅れていた野良の仲間がダウンした報告が入った。

後ろを見ると野良は動けないままバリアに呑《の》まれ、そこから走ってくる敵の姿も見えたので、俺とマリエルさまは同時に発砲。仕留める。

「……くそ、あれは間に合わない。見捨てるしかない」

『すみません野良の方！　かならずチャンピオンを取りますわ！』

本来ダウン状態なら仲間の手で復帰できるが、バリア範囲内ではもう手遅れだ。

苦渋の決断だが、俺とマリエルさまはそのまま先に進むしかなかった。仲間の死亡通知が出て、俺達の部隊は二人になる。

残存部隊数を確認すると、俺達を含め二部隊。つまり次が最終決戦だ。相手部隊もいくらか数が減っていればいいが――

『きゃあっ⁉』

だが次の瞬間、悲鳴が聞こえてきてマリエルさまのダウン報告が表示される。

……マズい！　奇襲されたか⁉

俺は素早く木陰に隠れながらマリエルさまの方を見る。

すると敵部隊のやつらが、間髪入れずにこちらに向かってくるのが確認できた。

……速い！　しかも相手は三人フル生存かよ！

『も、申し訳ありませんケイさま！　敵がそちらに行ってますわ！』

マリエルさまはとどめこそ刺されなかったものの、ダウンした状態で動けない。

一対三の絶望的な状況。普通ならこの時点でまず勝ち目はないのだが、俺は諦めるわけにはいかなかった。

「こっちはマリエルさまとのコラボなんだ！　負けるわけにいくか！」

とはいえ、圧倒的不利な状況に変わりはない。ここから勝ちに行くには……、多少の無茶は覚悟するしかない！

俺はメイン武器のＳＭＧを捨て、サブで携帯していた７７７マグナムを装備する。

普通なら勝負を捨てたかと思えるようなトンデモ行動だが、この状況を覆《くつがえ》すにはもうこれしかなかった。

足音が近づいてくる。その音と方向を頼りに、俺は位置の目星をつける。

そしてバッと木陰から飛び出すと、まず先頭の敵の頭部に狙いを定め、撃った。

バキィン！　というアーマーが割れる音が響き、敵がダウンする。

マグナムの頭部ヒットダメージはすさまじく、どんなアーマーでも一発で貫くのだ。

だがこの銃はあくまで弱武器。その先が続かない。次弾の発射間隔が長くそのCD中にやられてしまうのが普通だ。現に残り二名の敵がこちらに銃口を向け、どう見ても万事休すといった状況だった。……本来ならな。

だが次の瞬間、俺は素早くキーボードを叩《たた》いていた。

フレーム単位の入力。何度も練習はしているが、実戦での成功率は五割くらいだ。

だけど今ここでは絶対に決める。なんせマリエルさまが見ているんだからな！

『え!?』

マリエルさまの驚きの声と同時に、立て続けにアーマーが砕ける音がした。

銃声は二回だけ。その二回で残っていた敵二名はダウンし、同時にチャンピオンが決定したというアナウンスが流れ、ゲームは終わった。

もちろんチャンピオンは、俺達だ。

『え、えええええ!?　い、今何が起こったんですの!?　たったお一人で敵を全滅させましたわよ！　しかも一瞬で！』

スマホから、珍しく興奮した様子のマリエルさまの声が聞こえてくる。

一方俺はというと、大きく息を吐いて椅子にもたれながら脱力していた。

「……はあああぁ。よかった……、なんとかやれた……」

すさまじく集中した反動なのか、全身がけだるかった。勝てたという喜びよりも、マリエルさまとのコラボでなんとか負けずに済んだという安心感の方が大きい。

……ギリギリだったけど、マリエルさまの前で無様な姿を晒《さら》さずに済んでよかった。

俺はもう一度ため息を吐《つ》き、やり切った充足感に浸る。

その間もマリエルさまは配信でずっとしゃべり続けていた。

『皆さま方、今のちゃんと見ましたか⁉　まさに神プレイですわよあれは！　一対三の状況で、マグナムでヘッショをジャスト三発決めてチャンピオンとか、神以外の言葉では言い表せませんわ！　どれだけお上手なんですの⁉』

「いやいやそれほどでも……あるんですけどね⁉　あー、マリエルさまにここまで言ってもらえるとか、マジがんばってよかった……！　ヤバいな、うれしすぎる……！」

俺は大好きなゲームで最推しに褒められた喜びを、これでもかと噛《か》みしめる。

疲れていたのでゴロゴロと転げまわったりはしないが、でもそれくらいうれしい。

だってマリエルさまだぞ？　あのマリエルさまに認められるとか、こんな最高の経験が他にあるか？　この配信のアーカイブは永久保存決定だな。

そんな風に俺が気持ちよくなっている間も、マリエルさまのテンションは収まる兆《きざ》しを見せず、ひたすら俺のプレイを褒めまくっていた。

……しかし、こんなテンションの高いマリエルさまは初めてだな。普段は大人びたお姉さんって感じだけど、これはこれで親近感が出て可愛《かわい》い。うん、ますます推せる。

コメ欄の方も見てみるとこっちも大盛り上がりで、マリエルさまの顔に泥を塗らないで済んだことに再度安堵《あんど》する俺。

『はあぁ、カッコよすぎますわケイさま……！　さすがわたくしが見込んだゲーム実況者ですわ！　まあケイさまならやってくれると、わたくしは信じておりましたけれど！　今日のアーカイブは永久保存ですわー！』

……にしてもマリエルさま、いくらなんでもちょっとはしゃぎすぎでは？　なんか俺が考えてたのと同じようなことまで言ってるし。

限界化したオタみたいなその姿に、さすがにマ天使達も様子がおかしいと思ったのか、コメントでツッコんでいる。

だがマリエルさまはそこに平然と爆弾を投げ入れた。

『限界化するのも当然ですわー！　だってわたくし、実は前々からケイさまのファンだったんですもの！　わたくしはケイさま推しなのですわ！』

「はぁっ⁉　げほっごほっ⁉」

その突然の爆弾発言に、俺は思わず上体を起こしてむせた。

……い、いいい今なんつった⁉　お、俺の……⁉　えええ⁉

『今回のコラボも、わたくしの推しのケイさまを皆さま方にご紹介したくて企画したものだったんですのよ！　そこであんな神プレイを魅《み》せていただけるんですから、やっぱりケイさまは神ですわ！』

「な……、んな……！」

言葉が出ない。人間あまりにもビックリすると言葉を失うって本当だったんだ。

……って、冷静に考えてる場合か！　な、何が起こってるんだこれ⁉

最推しのＶＴｕｂｅｒが、実は俺のファンで推してたとカミングアウトした――って、そんなバカなこと本当にあってたまるか！　こ、これじゃまるで昨日のゆきの件とまったく同じじゃねーか‼

俺はあまりのあり得ない事態にとても信じられない。しかし、マリエルさまの発言は聞き間違いとかではないらしく、コメ欄も騒然としている。

こんなマリエルさま初めて見たとか、マリエルさまの推しとかマ？　とか、限界化マリエルさま可愛いとか俺が羨ましい妬ましいとか、とにかくコメの量もスピードも半端《はんぱ》なくてカオスなことになっていた。

『ええ、事実ですわ。皆さま方も是非、わたくしの一推しであるケイさまのゲーム実況チャンネルを見てくださいませ。アーカイブで、他にもいろいろな神プレイをご覧になれますからチャンネル登録もお忘れになってはいけませんわー！』

「ま、マリエルさまが思いっきり俺のチャンネルの宣伝をしてるだと……!?」

夢かこれは？　ひょっとしてゲームに集中しすぎて脳の血管でもいかれたか？

ゆきの件だってあり得ないようなことだったのにマリエルさままで？　連日こんなこと起こり得るのか？　い、いや、ゆきのも含めて実は全部夢オチなのかもしれない……。

「お、お兄ちゃん……！　何なのまたこれ……！」

と、そんな感じでお粗末な現実逃避をしていると、バンッとドアを開けて紗菜《さな》が部屋に飛び込んできた。この光景もまたデジャブだった。

「またお兄ちゃんのことがＳＮＳでバズってる……！　今度は関連ワードに堕天院《だてんいん》マリエルってあるし……！」

紗菜のスマホ画面を見ると、確かに俺とマリエルさまがトレンド入りしてて、早速さっきの試合の切り抜き動画までアップされていた。

……っていうか、お前も大概反応が速い気がするんだけど気のせいか……？

紗菜はどういうことかと詰め寄ってくるが、こっちも現実感がなくて何がどうとか言える状態じゃないんだよ！　勘弁してくれ！

やがて紗菜は業を煮やして部屋を出ていき、残された俺は仕方なくまたマリエルさまの配信に戻る。すると、

『はぁ……、今日はもうケイさまの神プレイを見て満足してしまいましたので、申し訳ないですがこれで配信を終わりにしますわ。……え？　そうですわ。限界化しすぎて疲れたということですわ。それでは皆さま方、ごきげんよう』

そう言って、マリエルさまはあっさりと配信を終了してしまったのだ。

「いや、まだ一試合やっただけで、小一時間くらいしか経《た》ってないんですけど……」

俺は呆然《ぼうぜん》としながら呟《つぶや》く。

配信枠は二時間くらいだったはずなのに、こんなことは前代未聞《みもん》だ。

やっぱこれって夢なんじゃ？　と思いつつも自分のチャンネルを確認するとさらに再生数が伸びていて、コメ欄には昨日のゆき関連のものに続いて今度はマリエルさまから来たと思《おぼ》しき視聴者のコメントで溢《あふ》れていた。こうなるとさすがに認めざるを得ない。

ゆきに引き続き、今度はマリエルさまにバズらされた。

しかも、これまたゆきと同じように、俺のことを推してた、と。

二日続けて推してたはずの存在に推された。連日こんなことになるとかどうなってんだよマジで。この世界のイベント発生確率バグってんじゃねーか？

……いや、うれしいんだよ？　頭ではわかってるんだ。なんせあのマリエルさまに推しだって言われたんだから、そりゃうれしいに決まってるんだけど――……ああもう！　なんかいろいろありすぎて脳が働いてくれない！

と、そんな感じで頭が真空状態になっていた俺だったが、ふとPCの画面に気付く。

ＬｏＦが起動したままになっており、試合が終わってロビー画面に戻っていたが、そこのチャット欄にメッセージがあったのだ。

『今日は突然のお誘いを受けてもらって、しかもあんな神プレイまで魅せていただき本当にありがとうございました』

それはもちろんマリエルさまからで、俺はハッと我に返ると、慌てて返信をする。

とはいえあんなことがあった後なのでどう接したらいいかわからなかったのだが、とりあえずこっちもお礼を返さねばと、震える手でキーボードを叩く。

マリエルさまは配信のテンションとは違い、文章上ではいつも通り落ち着いた感じで、

そのまま挨拶を交わして終わりかと思っていたのだが、

『ところで不躾《ぶしつけ》で申し訳ないのですが、ケイさまに一つお願いがあるのです。聞いていただけますか？』

いきなりそんなことを言われて、俺は首を傾《かし》げる。

……お、お願い？　またコラボのお誘いとか……？

こっちはいまだに混乱から抜け出せてないのになんだろうと思いつつ、とりあえず話を聞いてみると、少しだけ時間が空いた後、こんな文章が表示された。

『今日コラボをして、ますますケイさまのファンになりました。よろしければ一度リアルでもお会いしたいのですが、いかがでしょうか？』

「…………え？」

正直、それを見て最初目を疑った。

だってリアルで会おうなんて、ネット上だけの関係ならよっぽど親しくたってハードルが高いのに、ましてや相手は大人気ＶＴｕｂｅｒだ。普通に考えても絶対にあり得ないような話じゃないか。

……だけど、実際にこうやって会いたいと言われているわけで……。

俺はかなり困惑する。推しＶＴｕｂｅｒに推されたことを喜んでる余裕もまだないくらいなのに、さらにリアルで会いたいと言われたんだから仕方がない。

「いやいや、マズいだろそれは……！」

俺はぶんぶんと首を振る。

そりゃ相手はあの堕天院マリエルなわけだから、リアルではどんな女性なんだろうと興味がないといえばウソになる。じゃあ向こうからのお誘いだし会ってみようかというと、やっぱりそれは違うと思う。

……推しとの距離感もそうだけど、ＶＴｕｂｅｒの中の人を見るっていうのは、……なんというか……、礼儀に反することだと思うのだ。うん。

「ありがたい申し出ですが、リアルで会うと何かと問題があるかもなので……」

なので俺は、マリエルさまのお誘いを断ることにした。

やはり推しは別次元の存在であるべきだし、ＶＴｕｂｅｒなら余計にそう思う。

……しかし、

『大丈夫ですわ。ケイさまがお相手なら変な問題など起こるはずもありませんし、わたくしの方はまったく気にいたしませんから』

意外なことに、マリエルさまはそれでも会おうと言ってきたのだ。

……な、なんでそこまで？　俺が推しだからって無茶すぎないか？　それに俺なら大丈夫って、そんな全幅の信頼を寄せられても困るんですけど……。

俺は再度断る。しかし、マリエルさまも引かない。

どうしても会おうとするマリエルさまと、やっぱり断り続ける俺。

いや普通逆だろ！　と思えるような奇妙な構図だったが、それでもそんなやり取りがなおしばらくの間続いていった。

『もう！　いいからわたくしの言う通りにしなさいけーたろ‼』

だがやがて、そんな問答にしびれを切らしたような文言が返ってきた。

マリエルさまのキャラに即していない、どこか必死さが伝わってくるような一文だが、重要なのはそこじゃなかった。

最後に書かれていた『けーたろ』という呼び方——それを目にした瞬間、俺の頭の中に突然ある光景が浮かんできたのだ。


——もう！　私の言う通りにしなさいけーたろ‼


言葉の強さとは裏腹に、どこかすがるような涙目でこっちを睨《にら》みつける少女の姿。

まさか、と思うと同時に、俺は唐突に納得してしまっていた。どうしてマリエルさまみたいな大物が急に俺にコンタクトを取ってきたのか？　そして突発コラボなんてことをやったのか？　そんな疑問が一つの線で繋《つな》がったような、そんな気分だった。

『申し訳ありませんでした。つい言葉が乱れてしまいましたわ。それはともかく、わたくしは本当にケイさまとお会いしてお話ししたいのです。ご迷惑をおかけするようなことはしませんので、どうか会っていただけないでしょうか』

そうこうしているうちに、やがてまたマリエルさまからのメッセージが。

口調は元通りに戻ったものの、やっぱりどうしても会いたいといった感じの必死さは変わっていなかった。

俺はそれに、今度はＯＫの返事をする。さっきまでなら「どうしてそこまで？」という疑問やらファンと推しとの距離感やらでためらっていただろうが、今はそんな考えはなくなっていた。むしろ会うしかないという気持ちだった。

『会っていただけますか！　ありがとうございます！　では明日早速、場所は――』

俺の返事にマリエルさまはうれしそうな様子で、まるで前々からそうと決めていたかのように日時や場所など会う段取りをてきぱきと提示する。

俺はその文面をぼんやりと眺めながら、どこか懐《なつ》かしい気分に浸っている自分に気がつくのだった。

▽

翌日。休みの日の昼下がり。

俺は家の最寄りから数駅先の複合商業施設――その屋上に来ていた。

スカイパークという名前で、ビルの屋上なのに緑豊かで小川や池もある。規模もかなりのもので、ちょっとした公園よりかはよっぽど広い。俺には無縁だが、デートスポットとしても人気な場所らしい。

そのスカイパークの池のほとりにある東側のベンチの一つが、マリエルさまと約束している待ち合わせの場所だった。

周りを見回すが、近くには誰もいない。

まだ来ていないらしく、俺はとりあえずそのベンチに座って待つことにした。

これから、あの大人気ＶＴｕｂｅｒであるマリエルさまとリアルで会う。

ちょっと前までなら想像もしてなかったような一大イベントなわけだが、俺の心は自分でも不思議なくらい落ち着いていた。

何気なく、目の前の池を眺める。

地上よりも近い空を背景にしたその景色はとても美しくて、ここが人気のデートスポットだって話も頷《うなず》けた。……いや、これはデートとかじゃないけど。

そんなことを考えながらしばらくぼんやりとしていると、ふと足音が聞こえてきた。

カツンカツンと踵《かかと》が石畳を蹴る音に、俺は顔を上げて振り向く。

けれどその姿を見た瞬間、俺は思わずベンチから立ち上がった。

「……ま、待たせちゃった？」

そう言ってわずかに視線を逸《そ》らすその人物に、俺は声も出なかった。

太陽の光を浴びて金色に輝くツインテールの髪に、空よりも澄んだ碧《みどり》い瞳。

精緻な人形のように整った顔立ちと、ほんのりと赤く染まった頬。

数年というブランクはあるけど、それでも見間違うはずがない。

「芹香《せりか》、だよな……」

俺の幼馴染《おさななじみ》——西園寺《さいおんじ》芹香の成長した姿がそこにはあった。

「ひ、久しぶりね、けーたろ」

その少し舌足らずな『けーたろ』という呼び方に、俺は強い懐かしさを感じる。

……ああそうだ、やっぱり芹香だ。

「本当に久しぶりだ。……で、お前がここに来たってことは、そういうわけなんだな？」

「ま、まあね。もうわかってると思うけど」

そう言われて、まだわずかに残っていた「まさか」が「やはり」へと変わっていく。

「じゃあやっぱり、お前がマリエルさま、なんだよな……？」

「私がここに現れた以上、答えは決まってるでしょ。……そう、私が堕天院《だてんいん》マリエルその人よ！　驚いた？　けーたろ」

腕を組み、なぜか自慢げにそう宣言する芹香。

だが実際のところ、あまり驚きはなかった。昨日のあの一言——芹香だけ使っていた子供の頃の俺の呼び名を見た時から、半ば確信していたからだ。

「な、なによ、その無反応は。驚いてないのあんた？」

ただ無言で眺めている俺を見て、芹香は少し恥ずかしそうに顔を赤らめながら、ムッとした様子で詰め寄ってくる。

しかし俺はその問いに答えず、こう口を開いた。

「なあ芹香、一つお願いがあるんだが」

「お願い？　な、なによいきなり」

「マリエルさまの声を、今ここで聞かせてもらってもいいか？」

「何よそれ。まだ半信半疑ってこと？　……それなら、仕方ないわね」

俺の頼みに、芹香は少し呆《あき》れた様子を見せつつ咳払《せきばら》いをする。

「『わたくしは堕天院マリエルですわ。これで信じられたかしら、けーたろ？』」

そして出てきたのは、今まで何度も癒《い》やされてきたあの可愛《かわい》くも大人びた声。

それを聞いた瞬間、俺は無意識のうちに叫んでいた。

「うおおおおおおおおっ！　マリエルさまだ！　マリエルさまがそこにいる！」

「え、ちょっと、けーたろ⁉」

「ま、マリエルさまの生声、初めて聞いた……！　ヤバい、耳が幸せすぎる！　し、しかも『けーたろ』って名前を呼んでもらえたんだが⁉　こんなのウン十万クラスのサービスだろ！　ど、どうしよう、課金した方がいいのか⁉」

「何言ってるのあんたは⁉」

生のマリエルさまの声に、思わず限界化してしまう俺。

でもこれは仕方ない。ずっと推してた人が目の前にいるんだぞ？　たとえその中の人が幼馴染だったとしても、マリエルさまはマリエルさまに違いないんだからな！

「なんでいきなりテンション爆上げになってんの⁉　再会の時は妙に落ち着いた感じだったくせに！」

「そりゃそうだろ！　今までずっと好きで推してた存在が目の前にいるんだぞ⁉　テンションが上がらないファンがいるかよ！」

「す、好きって……！　それはその、うれしいんだけど……、もっとこう幼馴染としての私を見てほしいというか……！」

「ああ、俺は今、本当にマリエルさまと会ってるんだな……！　あ、悪い、もう一回さっきのセリフ言ってもらってもいいか？　後で無限リピートするため録音しとくから」

「って、普通にスマホ取り出してんじゃないわよ⁉」

「ああすまん、図々《ずうずう》しかったな。じゃあ代わりにサインでもいいから」

「要求レベルが変わってないんだけど⁉　っていうか、なんでサインペンと色紙を普通に準備してるわけ⁉」

「そんなのマリエルさまに会うんだから当たり前だろ⁉」

驚く芹香に、当然とばかりに言い返す俺。

いや、あつかましいってのはわかってるんだよ。自分でも、あのマリエルさま相手にこんな失礼なお願いをしてるってことに驚いてるんだ。

推しの前で普通はこんなことできない。例えばこれがゆき相手だったら、とてもじゃないが無理だ。でも、目の前にいるのが幼馴染の芹香だってこともあって、その辺りの距離感がバグってしまっている自分がいる。

「ああもう！　信じられたんならマリエルの話はもういいでしょ！　そんなことより久し

ぶりに再会したんだから、他にもっと言うこととかあるはずじゃないのよ！」

「他に？　……ああそうか、俺がマリエルさまのどういうところを推してるかとか、ちゃんと説明してなかったな」

「そうじゃないわよ！　きょ、興味がないわけじゃないけど……！　でも今はそういうことじゃなくて、ほ、ほら、お互い成長したわけだし、き、綺麗《きれい》になったとか……！」

顔を赤らめてそう言う芹香だが、俺は普通に首を傾《かし》げる。

……綺麗になったたって、そんなこと言わずもがなだろ。だってお前はもともと周りからも評判の超絶美少女じゃないか。イギリス人の母親から受け継いだその美貌は、昔のまま順当に成長したって感じだから、綺麗になったたって表現は違うだろ。正確にいうなら綺麗なまま、相変わらずの美少女のままって感じだ。

「そ、それにほら、他にも見るところはあるでしょ？　服とか、その、き、気合入れてきたってわけじゃないけど……。それに、これも……！」

さらに芹香はモジモジと身体《からだ》を動かしながら、服や頭をアピールしてくる。

服装も相変わらず高そうだしセンスもいい。昔と変わってないから特にコメントのしようもない。それにやたらと頭というか髪を見せつけてくるけど、その金髪のツインテールも子供の頃と同じで、ああ芹香だなって感じが——

「って、そういえばそのリボン」

「‼　そ、そう！　このリボン、憶《おぼ》えてる⁉　あ、あんたからプレゼントでもらったやつで、ずっと大事にしてて――」

「そのリボンの柄！　よく見るとマリエルさまの髪飾りと同じ模様じゃないか⁉」

俺がそう言うと、前のめりになっていた芹香がなぜかそのままこけそうになっていたけど、こっちはそれどころじゃなかった。

……あの模様、どっかで見たことがあるような気がしてたけど、これだったのか！

「他にもそういうのがあったりするのか⁉　あ、もしかしてその服も、マリエルさま関連のだったり⁉」

「違うわよ！　これは今日のために超気合入れて用意したやつで……！　ああもう！　せっかく数年ぶりに幼馴染と再会したってのに、あんたさっきからマリエルの話ばっかかしてんじゃないわよ！」

「なんでだよ⁉　マリエルさまに呼び出されてここに来てるんだぞ⁉」

突然キレ出す芹香。確かに推しが幼馴染だったことによる距離感バグでいろいろ失礼な感じになってるのは申し訳ないけど、それでも言ってる内容は意味不明すぎる。

「そ、それはそうなんだけど！　……だからもっとこう私自身を見てほしいというか、そのつもりで今日は来たというか……！」

「何をごにょごにょ言ってるかわからないけど、俺にマリエルさまの話をするなってのは無茶だろ。どんだけマリエルさまのことを推してると思ってるんだよ」

そう言っても、芹香はまだ不満顔でこっちを睨《にら》んでくる。

俺がマリエルさま推しだってことを信じていないようだが、ちょうどいい機会かもしれない。俺にとってマリエルさまがどれだけ大きな存在か、この際だから芹香にはマリエルさまの中の人として知っておいてもらおうじゃないか。

俺は一つ咳払いをしてから、マリエルさま愛を語り始める。

いかにマリエルさまが魅力的か、いかにマリエルさまに日々癒やされているか。

マリエルさま推しの気持ちをそのまま言葉に出していく俺。本人の前なのに不思議と緊張することなくスラスラと純粋な想《おも》いを口にすることができたのは、中の人とはいえ芹香とマリエルさまはそれぞれ別個の存在だと線引きできている証拠だった。

「う……、うう……」

芹香は最初、腕を組んで不機嫌そうに俺の話を聞いていたが、次第に顔を赤くして唸《うな》り始めた。そうしてやがて、

「わ、わかった、わかったから！　あんたがマリエルのことが好きだってことはよーくわ

かったわよ！　ったくもう、し、仕方ないわね！」

そう言ってプイッとそっぽを向いてしまったが、なぜか口元がヒクヒクと震えていた。

ともあれ、俺のマリエルさま愛はちゃんと伝わったらしいな……、ふっ。

「ふ、ふん、まあいいわよ。マリエルは私なんだから、あんたがマリエルを可愛いって思ってるってことはつまり私も……ってことよね？　そこにワンクッション入ってるのは正直複雑な気分だけど……、ま、まあとりあえずはよしとしといてあげるわ」

笑っているのか怒っているのかよくわからない表情で言う芹香。

いや、だから俺はちゃんとマリエルさまと芹香は区別してるんですけど……、と言おうとしたが、その前に芹香がこちらを振り向いて先に話し始めてしまった。

「でも、今日はダメ。今日だけはマリエルの話は禁止！　そんなことのためにこうやって会ってるわけじゃないんだから」

「なんだよそれ……。じゃあなんのためなんだよ」

「え!?　そ、それは……！」

当然の疑問だったはずだが、なぜか芹香はギクッとした様子でうろたえる。

そうしてしばらく手をワタワタさせていたが、やがて謎に深呼吸をしたかと思うと、

「……ちょ、ちょっと歩きながら話さない？」

そう言って池の周りを歩き始めたので、俺もそれに付き合うことになった。

ゆっくりとした足取りで、まるで景色でも楽しむように並んで歩く。

俺は芹香《せりか》が何か言うのを待っていたが、なぜか俯《うつむ》き加減で歩き続けるだけで一言も発しない。なんとなく間が持たなくなって、仕方なく俺は口を開いた。

「……そういや、お前って俺がケイだって知ってたのか？」

「え？　な、なに？」

「だから、お前が呼び出したのは実況者のケイだろ。そこにいたのが俺だってのに驚いてなかったみたいだからさ」

「あ、ああ、そうね。ケイがけーたろだってことは知ってたし」

「そうなのか？　なんで？」

「あ、いや！　そ、そう、たまたま見てたら、声とか話し方でこれってけーたろじゃないかなって気がついたのよ！」

「そうだったのか？　じゃあ、俺を推してたって話は？」

「そ、それもウソじゃないわよ。最初は気付かず推してて、後から気付いてびっくりしたけど、ケイを推してるって事実は変わりないから」

そう言って、芹香はプイッとそっぽを向く。

……そんなことってあるんだな。でも、マリエルさまの中の人が芹香だったってこともあるし、ゆきのこととかも考えたら案外世間って狭いのかもしれない。

「なるほど。でも、推しが幼馴染《おさななじみ》だって知ってがっかりとかしなかったのか？」

俺は納得しつつも、そんな質問も投げかける。

「べ、別に？　それとこれとは違う話だし。……そういうあんたはどうなのよ。私がマリエルだって知って、……その、がっかりとか……」

「いや、それはないな。驚きはしたけど、マリエルさまを推す気持ちに変わりはないよ」

俺はハッキリとそう言い切る。芹香のいう通り、それとこれとは別の話だ。

「そ、そう！　……よかった」

俺の言葉に、芹香はうれしそうに笑った。心なしか足取りも軽くなった気もする。

「けどやっぱすごい偶然だよな。お互い知らずに推してたなんてさ」

「そ、そうね！　偶然っていうか、ここまでいくともう『運命』って感じよね!?」

「運命ねぇ。でも俺はお前も知ってる通り、昔からゲームが好きだったからさ。ゲーム実況者になっててもあんまり不思議じゃないと思うんだけど、芹香がＶＴｕｂｅｒにってのは、昔のお前からは全然想像できないぞ？」

だからこそこうやって実際に会うまで「まさか」が「やっぱり」にどうしてもならなか

ったんだよな。

「い、いろいろあったのよ。あんたと会わなかった四年間に、いろいろ」

「そうか、もう四年にもなるんだよな」

「あ、正確には四年と三十三日と二時間四十分くらいね」

「細かすぎるだろ⁉」

　俺がツッコむと、芹香は足を止めてこちらに背を向けた。

「……四年か。もうそんなに経《た》っちゃったのね」

　そうして池の方を眺めながら、ポツリとそう呟《つぶや》いた。

「ねえけーたろ、ここって素敵な場所だと思わない？　空が近くて緑もあって、広くて静かでちょっとロマンチックで」

「え？　ああ、言われてみればそうかな」

「で、デートスポットとかでも有名なんだって。べ、別にそれは関係ないけど、一度は来てみたかったから、あんたとの再会場所はここにしようかなって思ったの」

　突然そんなことを言われて少し戸惑っていると、芹香が振り向いて俺の方を見た。

「……ねえけーたろ、四年ぶりに私を見てどうだった？」

「どうって？」

「だ、だから、……その、昔よりも女の子らしくなったとか、思う……？」

「……え？」

不意にそんな質問をされ、俺は振り向く。するとその時初めて、芹香が上目遣いで俺の方を見ていることに気がついて、小学生の頃は同じくらいの身長だったのに、今はこんなにも差ができていたんだと知ってなぜかドキリとしてしまった。

……せ、芹香のやつ、何を急に。

俺は困惑した。何気ない一言だったのかもしれないけれど、一度そういった意識をさせられると、改めて芹香の姿をじっくりと眺めてしまう。

幼馴染のフィルターを取っ払って見ると、そこにいるのは掛け値なしの美少女なのだ。

小さい頃、ずっと一緒にいた俺はあまり意識してなかったが、もともと芹香はものすごく可愛《かわい》いと評判だったし、その家柄も相まってまさしくお姫さまといった扱いだった。

その雰囲気は成長した今もそのままで——というか、幼馴染の俺でさえ目を見張るくらいになっていて、女の子らしくなったとかそんな月並みな表現で済む次元じゃなかった。

「あ、ああ、うん」

いやいや相手はあの幼馴染の芹香だぞと思いつつも、俺はどぎまぎして口ごもったような答えしか出てこない。しかし芹香はどこか満足そうに微笑《ほほえ》んでいた。

「……ね、ねえ、けーたろ」

そうしてしばらく話をしていると、芹香はふと静かな口調になって俺を見つめてきた。

「さっきさ、今日は何のために呼び出したんだって言ってたじゃない……？」

「あ、ああ」

「……そ、その理由、教えてあげるわ……！」

そう言った芹香の視線には、何か決意を固めたような雰囲気があって、俺は今までにない雰囲気になぜかドキドキと胸が高鳴るのを感じた。

「そ、それは……！　わ、わ、私が……！」

真っ赤な顔で、言葉をなんとか紡《つむ》ぎだそうとする芹香。

やがて芹香はキッと俺を見据えて、大きく息を吸ってから口を開いた。

「わ、わた、私が、あ、あ、あんたの、ことを……！」

「あああああああああああああああああああああっ⁉」

「「えっ⁉」」

とその時、突然そんな大声が聞こえてきて、俺と芹香は同時に振り向いた。

「ケーくんだ！　ケーくんケーくん！」

「ゆ、ゆき――雪奈《ゆきな》さんっ!?」

見ると、ゆきが満面の笑みをたたえながらこっちに走って来るところで、俺はそのあまりの可愛さに――じゃない！　突然のことに驚いた。

しかもその表情があまりにもうれしそうすぎて、一瞬まるで飼い主を見つけた子犬のように見えてしまったのは気のせいだろうか。

「うわぁ、こんなところでケーくんに会えるなんて！」

「ゆ、雪奈さん、どうしてここに……!?」

「あ、私はモデルの撮影で、ちょうどスカイパークに来てたんだ」

そう言ってゆきが指さす方を見ると、結構離れた場所に確かにカメラを携えた人やスタッフと思《おぼ》しき人が見えた。……ってか、あの距離から俺を見つけたのか!?

「それでケーくんは？」

「あ、俺は……」

訊《たず》ねられて、俺はチラリと横目で隣を見る。

するとその仕草に気付いたゆきは、初めてそこに芹香がいることを認識したようで、

「あっ！　も、もしかしてお友達と遊びに来てたの？　だったら、その、ごめんなさい！

お邪魔しちゃったかも……！」

　と、一転して申し訳なさそうな顔になって頭を下げた。

「あ、いや、そんな謝ることじゃないから！　こいつは俺の幼馴染で——」

　俺は慌てて芹香を紹介しようと振り向く。

「……芹香？」

　だが当の芹香が驚愕《きょうがく》の表情を浮かべ、突然現れたゆきを目を見開いてマジマジと見つめていたので、思わず言葉に詰まった。

「ゆ、ゆ、ゆ、雪奈、のぞみ……‼」

「あ、私のこと知ってるんですか？　はじめまして」

「な、な、な、なんであんたがここに……‼」

「え？　だからモデルのお仕事でここに来ていて、それがちょうど終わったところでケーくんの姿が見えたから——」

　普通の会話になっているようで、どこか噛《か》み合っていないやり取り。

　わなわなと震える芹香に、ゆきは天然力を発揮して普通に答えているが……。

「………う、ううう……、なんで……！」

　やがて芹香は肩を震わせながら俯いて、何やらブツブツと呟きだした。

俺はどうしたんだろうと思って顔を近づけたが、

「うわっ⁉」

その瞬間、芹香はバッと顔を上げ、こう絶叫したのだった。

「なんでまたこんなことになるのよおおおおおおおおおおおおっ‼」

▽

「へー、じゃあ芹香さんはケーくんの幼馴染だったんですね」

「……ふんっ、そうよ」

今現在、俺達はスカイパーク内にあるカフェに来ていた。

あの後、芹香が謎の大絶叫からなんとか落ち着きを取り戻すと、とりあえず立ち話もなんだからということで、お茶でも飲みながら話をしようということになったわけだ。

ニコニコとうれしそうに話すゆきと、不機嫌さを隠そうともしない芹香。

正反対な表情の二人だけど、これでも普通に会話が成り立っているんだから、女子ってのは不思議だとつくづく思う。

「ただの知り合いじゃなく、幼馴染ってところをちゃんと憶《おぼ》えておいてほしいわ。小さい頃からの知り合いとか、これはもう運命といっても過言じゃない関係性なんだから」

「いや過言だろ、どう考えても……」

いちいち表現が過剰なうえ、そんな大した関係性でもないだろ幼馴染って。

なんかさっきからやたら不機嫌そうにしてるのも謎だ。そういえば芹香《せりか》は昔から気分屋だったっけ。変わってないな、そういうとこ。

「あ、でも運命って表現わかります。私もクラスメートがケーくんだってわかった時、あこれって運命だなって思いましたから！」

「……え？　クラスメートってどういうこと？」

「実は雪奈さんとは同じ学校で、しかもクラスも一緒なんだよ」

「な、なななななんですって……⁉」

かなり驚いた様子で言葉に詰まる芹香。

けどその反応はわかる。あのアイドル雪奈のぞみがクラスメートだなんて聞いたら、そりゃビックリして当然だ。俺が芹香の立場だったらもっと驚いてただろうし。

「……現在進行形のクラスメートと四年間会ってない幼馴染ってどっちが強いの……⁉　お、幼馴染の方が過ごした時間は圧倒的に上だけどそれは過去の話で、今現在同じクラスでしかもアイドルでって……！」

「ところで二人は、こうやってお休みの日によく一緒にお出かけしたりするの？」

何か切羽詰まった様子で一人ぶつぶつと呟く芹香を尻目に、ゆきは俺の方を向いてそんな質問を投げかけてくる。

「ああいや、そんなことはなくて。実は芹香とは小学校卒業以来会ってなくて、今日は四年ぶりに再会したんだ」

「そうなんだ!? 四年ぶりの再会ってなんだかいいね！ ……あ、でも、じゃあどうして今日は四年ぶりに会うことに？」

「あー、それは……」

……ＶＴｕｂｅｒのマリエルさまに呼び出されたからなんだけど、さすがにそれは言えないよな。マリエルさまの正体が芹香だってバラすことになるし、絶対にＮＧだ。

とはいえじゃあどう説明したものか……、と頭を悩ませていると、

「う、運命的なことに、幼馴染《おさななじみ》の私がけーたろの推しＶＴｕｂｅｒだったから、リアルで会おうっていうことになったのよ」

「ちょっ!? 芹香、お前それは……！」

いきなり芹香自身がぶっちゃけ始めたので、俺はめちゃくちゃに焦《あせ》る。

「え、ＶＴｕｂｅｒって……」

「堕天院《だてんいん》マリエル……、聞いたことない？　それ、私だから」

……あああ、マジで言っちまいやがったこいつ！

俺は内心で頭を抱えるが、当の芹香本人は悪びれた様子がないどころか、なんか胸を張って自慢げにさえ見えるから困る。……いいのかそれで!?

「……あの、ごめんなさい。私、そういうの詳しくなくて、有名な方なんですか？」

「なっ!?」

だがゆきはそもそもＶＴｕｂｅｒという存在を知らなかったらしく、申し訳なさそうに頭を下げたので、芹香は思いっきり肩透かしをくらった形になった。

「わ、私を知らないですって……!?　超有名ＶＴｕｂｅｒの私を……!?」

「す、すいません。『ぶいちゅーばー』って名前は聞いたことあるんですけど」

「あんた、けーたろのこと推してるってことはＹｏｕＴｕｂｅは見てるんでしょ!?　それでＶＴｕｂｅｒを知らないなんてことある!?」

「私、ＹｏｕＴｕｂｅはケーくんのチャンネルだけしか見てないから」

その真《ま》っ直《す》ぐな答えに、芹香はもちろん俺も「う……」と言葉に詰まる。

俺はなんか特別って言われたみたいでうれしかったからだが、芹香は思いっきり悔しそうに「ぐぐぐ……」と唸《うな》っていた。

「……くっ、デビュー一か月足らずで登録者数百万人に到達した伝説のＶＴｕｂｅｒ、堕天院マリエルを知らないなんて……！」

「……自分で言うとなんか痛いな。マリエルさまの声じゃなく芹香だから余計に」

「う、うるさいわね！　事実なんだからいいでしょ⁉」

「まりえる……？　あ、マリエルってもしかして」

俺達がそんなやり取りをしていると、ゆきがふと何かに気付いたようで、

「昨日ケーくんとコラボ配信をしてた人ですか？　画面の右下にアニメみたいな女の人がいて、一緒にＬｏＦをやってた」

「そ、そうそれ！　それが私よ！」

「それなら見ました！　トレンドでケーくんの名前が上がってたから何だろうって思って見たんですけど、あれがＶＴｕｂｅｒなんですね！　視聴者さんもすごく大勢いて！」

その時のことを思い出して興奮した様子のゆきに、芹香はようやく面目を取り戻したようで、再び胸を張った。

「ふふん、まあね。昨日は本当に盛り上がったわ。あんな神プレイをうちの配信で披露してくれるんだから、さすがけーたろよね」

「ですよね！　昨日のあのプレイ、本当にすごかったです！　あんな大ピンチからのすご

い逆転で、私見てて感動して泣いちゃった！」

「あんなプレイを見せられたら思わず推しだってことをバラしちゃうのも仕方がないって話よね。結果バズらせちゃったけど、まあけーたろの実力からすれば当然って感じ？」

「それ！　ケーくんのことをもっと多くの人に知ってほしいって気持ち、すっごくよくわかります！　それで私もついケーくんのことバズらせちゃったから！」

「……ぐっ！　ええ、そのこと、私もよーく知ってるわ……！」

「私達、ケーくんバズらせ仲間ですね！」

ゆきは満面の笑みだが、なぜか芹香は悔しそうな顔をしている。謎だ。

「ま、まあ、私はけーたろのこと、もうずっと前から推してるんだけどね！」

「あ、そうなんですね。私はケーくんのチャンネルを見つけたの、半年くらい前なんですけど、芹香さんはいつ頃から？」

「ふふん、けーたろが実況を初めた最初期からよ」

「えー、すごい！　私ももっと早くにケーくんのチャンネルと出会いたかったです！」

「ふふーん、けーたろ推しに関しては、私が先輩という認識をしといてもらいたいわね」

「あ、でも、その割にコメントとかはしてなかったですよね？　ケーくんの動画にあったコメントって、通りすがりっぽいのを除くと私のしかなかったですし」

「そ、それは、遠慮してたっていうか、時期が来るまでは我慢しようと——……って、ちょっと待ちなさい、あんたはずっとしてたの？　コメント」

「はい、動画には欠かさず。生配信でも見てた時は絶対してました」

「ちょ、ちょっと待って、それってまさか……」

「『わんころもち』って名前、見覚えあります？　それ私です！」

「あれってあんただったの!?　……ぐぐ、私が我慢してる間に好き放題コメントして、けーたろとやり取りしてたなんて……！　そ、それでも、コメントはしてなかったけど私の方が先輩だってことはちゃんと憶えときなさいよね！」

……芹香、言ってることが意味不明すぎる。んで『はいっ』って笑顔で返してるゆきが
天使すぎる。なんなんだよ、このやり取り……と思っていると、ゆきが笑顔で振り向いて
俺に話しかけてきた。

「ねえねえケーくん、芹香さんって面白い人だね。それにとっても美人だし、大人気ＶＴｕｂｅｒさん？　だし、しかもケーくんの幼馴染だなんて、ほんとすごい人だよね」

俺と幼馴染ってのだけは別にすごくもなんともないんだけど、でも芹香がとんでもなく優秀な人間ってのは事実だ。なので俺はそのゆきの言葉に全面同意して頷《うなず》く。

「なんといってもあのマリエルさまの中の人だからね。それだけでもうすごいを通り越し

てレジェンドだよ。俺もデビューからずっと推してるんだけど、なによりあの声がいいんだよな。あと実況も上手《うま》いしリスナーとのやり取りも神だし、間違いなく今現在で最強のVTuberだと断言できるね」

「ちょ、ちょっとけーたろ……！」

俺が自慢げに語っていると、芹香がそれを遮るように口を開いた。

なんだよ、褒められて照れてるのか？　らしくない。事実だからいいだろ。

「なんでマリエルのことばっか褒めてんのよ……！　そ、そこはもっと、こう、美人なのは昔からで俺はあの金髪が好きなんだよとか、そんなすごいやつと子供の頃はずっと一緒でとか、幼馴染としての私を褒める場面でしょうが……！」

と思ったら、意味不明なキレられ方をしたんですが？　いやマジで意味わからん！

幼馴染のことをそんなべた褒めするとか明らかにおかしいだろ⁉　それから俺を勝手に金髪フェチみたいに言うな！　お前の金髪は超綺麗《きれい》だけどさ！

「どんだけ承認欲求モンスターだよお前は⁉　ってかマリエルさまはお前なんだから、そこを褒めてたらお前を褒めてるのと一緒だろうが！」

「そ、それはそう、なんだけど……！」

「ケーくんってマリエルさまを推してるんだね。ケーくんにここまで熱く語ってもらえるなんていいなぁ……」

「いや、俺は雪奈《ゆきな》さんも推してるんだけど……」

「そう言ってはもらったけど、やっぱりケーくんに推されるなんて恐れ多いよ……！」

……いやいや、それはこっちのセリフなんですが？

「そ、そうでしょ？　もっと羨ましがってもいいわよ！」

と、今度はゆきの言葉に胸を張る芹香。情緒不安定かお前は。自慢げながらもどこか複雑な顔してるし、昔からこいつの考えてることはよくわからない。

「でも、推しのお話ができるのっていいよね。私も誰かとケーくんの話題で盛り上がりたいんだけど、そんな相手がいなかったから。けど今日は同じケーくん推しの芹香さんとお知り合いになれてすごくうれしかったです」

「む……、それはまあ、私も同意ね。けーたろの良さを語り合える相手は貴重だわ」

「芹香さんもそう思ってくれますか!?　じゃ、じゃああの、よければ私とケーくんトークをしてもらえませんか！」

「ふん、望むところよ！」

と、今度は唐突に話題が俺のことにシフトしてしまった。

あっという間の流れだったし、二人ともなんかノリノリだし、当の俺はというと盛り上がる二人の様子をコーヒーをすすって眺めるしかない。苦い。

「ケーくんの何がいいって、やっぱり私はあの話し方だと思うんですよね！　落ち着いて聞き取りやすくって、でもすごく面白くて！　声もすごく優しくていいし、ケーくんの配信はもう永遠に見てられるんですよ！」

「そうね、けーたろって昔から意外とコミュ力あるのよね。基本ぼっちだから知ってる人はあんまりいないけど、私はずっとけーたろの傍《そば》にいたから知ってるわ！　話し方も昔からのままだし、声は声変わりして、も、もっとカッコよくなったし……！」

「ゲームがすごく上手なのも魅力で！　もうなんていうか、プレイが華麗すぎて本当に見とれちゃうんですよね！　しかもそんなすごいプレイをしながら実況もしちゃうし、解説もすごくわかりやすくて、ゲームに詳しくない私でも理解できるのがすごくて！」

「けーたろは昔からゲームばっかりだったのよね。その時はまだ私はゲームに興味がなかったんだけど、それでもけーたろがプレイしてるのを見てるのは楽しかったわ。ちゃんと私が退屈しないようにわかりやすく話もしてくれたし、きっとそういう経験が今のけーたろに繋《つな》がってるのね！」

「ケーくんのすごいところはゲームだけじゃないんですよね。他にもアニメとかマンガとかの知識もすごくって、実況の合間にそういう話も織り交ぜてくれるから全然飽きないのがまたいいっていうか！　そのおかげで私もいろんな作品に出合えたんですよね！　ケーくんに紹介してもらったの、全部面白かった！」

「けーたろは根っからのオタクだからね。私も昔はよくけーたろのオタ趣味に付き合わされたものよ。でも確かにセンスはよくて、けーたろが面白いからって言ってた作品はその後全部ヒットしてたし、先見の明ってのがあるみたい。でもけーたろはただの厄介オタクってだけじゃなくて、時には私の趣味にもちゃんと付き合ってくれたのよね！」

「はあぁ……、やっぱりケーくんは最高の配信者ですよね！」

「ええ、やっぱりけーたろは最高の幼馴染《おさななじみ》よ！」

「……………………」

……えーと、なんだろうこの感覚は。

さっきからずっと推しの話題で盛り上がってるゆきと芹香《せりか》。二人とも実に楽しそうな笑顔で話をして結構なんだけど――……なんなんだろうな、この違和感……。

お互い俺の話をしているはずなのにどこかズレているというか……、ま、まあよくわからないけど、二人とも楽しそうだからいいか。

俺は気分を切り替えるように、砂糖もミルクも入れ忘れたけど今更使うのはなんかカッコ悪いからそのままにするしかないブラックコーヒーをすすりながら、ぼんやりと二人を眺める。が、やがてそのフォーカスはなんとなく芹香へと移っていった。

……芹香のやつ、変わったよな。見た目はあんまりだけど、中身は変わったと思う。

昔はいろんな意味で周りから浮いてたけど、今はそういう感じが少し和らいだっていうのかな？　ああやって普通に女子と会話してるって姿が、昔を知ってる身としてはかなり新鮮だった。それに、ちょっとうれしかったりも。

四年間だからな、そりゃ変わりもするか。昔はゲームとかオタク関係とか興味なかったはずなのに、今や大人気ＶＴｕｂｅｒだもんなぁ……。

「ああ、そういえば」

そんなことを考えていると、俺はふとした疑問が浮かんで、つい口に出していた。

「芹香ってさ、なんでＶＴｕｂｅｒになろうと思ったんだ？」

そうだ、いろいろ衝撃的なことがありすぎて、そこんとこ訊《き》き忘れてたぞ。

「え⁉」

俺のその質問に、ゆきとのトークで盛り上がっていた芹香は不意打ちをくらったかのようにビクンッと身体《からだ》を跳ねさせ、なぜか焦《あせ》ったような表情でこちらを振り向いた。

「な、なんでって⁉　そ、それは……！」

言葉に詰まる芹香。そしてなぜかゆきの方を見て、今度は俺の方に向き直り、それを何度か繰り返すという不思議な動きを見せる。

「だ、だから……、それは、その……！」

「それは？」

「あ、あんたが……！　あんたに振り向いて……！　だ、だからその……！　……ああもう、今更言えるわけないじゃない！　そうよ！　社会勉強よ社会勉強！」

そしてなぜかいきなりそうまくし立てたかと思うと、そのままプイッとそっぽを向いてしまった。……わけがわからん。

「なにキレてんだよ……。でもまあ社会勉強ってのは芹香らしいといえばらしいけど」

「……なんで普通に納得してるのよあんたは……」

「どうしろと⁉　お前がそう言ったんだろ！」

「そういえば芹香さんのキャラってすごく大人っぽかったですけど、ＶＴｕｂｅｒさんの見た目ってどうやって決めてるんですか？」

「あ、ああそれは……」

ゆきの質問に、芹香は俺の方をチラリと見て続けた。

「私の場合は自分で方向性を決めたんだけど、一応モチーフにしたものはあって……」

「ま、マリエルさまのキャラにモチーフが⁉　是非教えてください！」

「そういうところだけ食いついてんじゃないわよ！　……まったく、でもいいわ。教えてあげる。けーたろ、憶《おぼ》えてる？　あんたが昔ハマってたゲーム」

「昔ハマってたって、どれのことだ？」

「ほら、あの堕天使の女の子が主人公で空飛びながら敵を倒してくやつ」

「ああ『魔装神姫《しんき》』か！　懐《なつ》かしいな」

「そうそれ！　やたら胸が大きい主人公のやつね」

「あんまり強調するとそれ目当てっぽく聞こえるからやめろ！　……でもまあ、確かにあれは当時ハマってやりまくってたな」

「あんたってああいうキャラが好きなのよね？　べ、別に深い意味はないけど、そのことをふと思い出して、なんとなく参考にしたというか――」

「いや、俺は別にキャラが好きだったからやってたんじゃなくて、純粋にゲームが面白いからハマってただけだぞ？　キャラの方は別に」

「え？」

俺の一言に、なぜか愕然《がくぜん》とした表情を見せる芹香。

「ええ!?　じゃ、じゃあ、ああいうキャラは好きじゃないとか……？」

「別に好きでも嫌いでもないけど……。まあ、普通？」

「…………………」

「わ、なんだか芹香さん、燃え尽きたみたいになってる！」

……いやいや、なんでそこまでショックを受けてるんだよ。

「……ち、ちなみにけーたろ、どういう女の子キャラなら好きなわけ……？」

「へ？　なんでそんなこと——」

「いいから！　答えなさい！」

「なんなんだよ⁉　ったく……、えーと、……可愛《かわい》い子、とか？」

「…………今からキャラ変しようかしら」

……なんか芹香が謎に黄昏《たそがれ》てるんですが？　そもそもマリエルさまのキャラは今のままで完璧なんだから、キャラ変とかする必要ないだろ。

「っていうか、なによその具体性のなさは！　もうちょっとこう、あるでしょ！」

「だからなんでキレられてんだって⁉　意味わかんねーよ！　ほんと、そういうところは全然変わってないなお前は！」

「なによ！　それはけーたろだって同じでしょ⁉」

なにがだよ！　なによ！　と睨《にら》み合って言い争う俺達。

だがそんな時、ふふふと小さく笑う声が聞こえてきて、俺達は同時に振り向いた。

「すごい、息もぴったり。ずっと思ってたけど、本当に仲のいい幼馴染なんだね」

するとゆきが楽しそうにそんなことを言ってきたので、俺はいやいやと首を振る。

「数年ぶりに会ったっていうのに、こんなに言い合ってる時点で……」

「逆だよ。数年ぶりに会ったのにすぐそんなに言い合いができるなんて、本当に仲がよくないと無理だよ。そういう関係、羨ましいなぁ」

そんなものか？　と思って隣を見ると、なぜか芹香は顔を真っ赤にしていた。

「それに、幼馴染と言い合ってるケーくんがいい……！　なんか素って感じで、今まで見たことないケーくんが見れて最高だよ！　はぁ、幼馴染なケーくん尊い……！」

いや、あの、そういうことを目の前で言われるとすごく恥ずかしいのですが⁉

「きっとケーくんのことだから、ナイトみたいに芹香さんを守ってたんだろうなぁ……！『ほら、俺の後ろにいろよ』『う、うん……』みたいな！　はぁ、てぇてぇ……！」

しかもなんか勝手な想像してるけど、そんなことは全然なかったからね⁉　むしろ俺が振り回される形で芹香の後ろにくっついてたのが常だったわけで！

「いいなぁ芹香さん、ケーくんと幼馴染とかいいなぁ……！」

「も、もうわかったから！　……くっ、自慢する余裕もなくなるくらいストレートに返してくるなんて……！　そ、そんなことよりけーたろ！」

恥ずかしさに耐えかねたのか、芹香はビシッと俺の方を指さして強引に話題を変える。

「今からメッセグループ作るから、さっさとスマホを出しなさい」

「え、メッセグループって、なんでまた？」

「今後の連絡用よ。わざわざDMなんて使わずに済むじゃない」

当然でしょといった感じで言ってくる芹香だが、……いやいやいや。

「それはマズくないか？　大人気VTuberとメッセでやり取りとか……」

「リアルで会っておいて今更何言ってんのよあんたは。そ、それに私達はそういうの以前に幼馴染でしょ。幼馴染同士が連絡取りやすくして何が悪いってのよ」

確かに今更だって指摘はその通りだし、マリエルさまとというより芹香とのメッセ交換と考えれば、まあ許容範囲、……なのか？

「なんだかどんどんラインが下がっていくような気がする。これでいいのか……!?」

「なにぶつぶつ言ってんの。ほら、グループ作ったから入ってきなさい」

結構真剣な葛藤だったが一蹴され、俺は仕方なくスマホを操作してグループに入る。

「…………いいな」

けれどその時、ゆきがやたら物欲しそうな顔でこちらを眺めているのに気がついた。

「ケーくんとメッセ、いいなぁ……。芹香さん、羨ましいなぁ……」

……うぐっ、そんな寂しそうな目で見ないでくださいませんかね……！

さすがにゆきとのメッセ交換はライン越えだからできない。……できないんだけど。

「………ぐっ」

ああもう！　そんな雨の日に捨てられた子犬みたいな顔されたら、胸が罪悪感で抉《えぐ》られそうになるんですけど⁉　ぐぐぐぐ……っ！

「あ、あの、雪奈《ゆきな》さんもグループに入る……？」

「いいのっ⁉」

俺の一言に、ゆきの顔がパァァッと晴れ渡る。

一方で芹香の顔は、急な雷雨に見舞われた。

「あ、あんたけーたろ！　アイドルとメッセとか許されると思ってんの⁉」

「自分のことを棚に上げてお前が言うなよ！　ってか、俺だってわかってるよそんなことは！　……ただ、一応事情があるんだよ」

「ほおーん？　その事情とやらを簡潔に語ってもらいましょうかねぇ」

……俺の幼馴染が闇のオーラをまとってすごく怖い件について。

「い、いや実は、雪奈さんのコメントの件と関係があってさ」

「？　私のコメントのこと？」

「うん、会ったら伝えようと思ってたことなんだけど、いつも俺の配信とか動画にコメントしてくれてるでしょ？　わんころもち名義で。それを、今後はちょっと控えた方がいいって言おうと思って――」

「え……⁉」

その瞬間、ゆきの顔が蒼白《そうはく》になる。

……なんかガーンって効果音が聞こえてきそうなくらいショックを受けてるんだが。

「そ、そんな……！　ケーくんのチャンネルへのコメントは私の生きがいなのに……！　ケーくんは私に死ねって言うの⁉」

「そこまで⁉　そういうことじゃなくて、ちゃんと事情があるんだって！」

俺は急いで『わんころもち』がゆきなんじゃないかって書き込みがあったこと、そしてゆきが書き込んでるとバレる可能性があることを説明する。

「もしアイドルのゆきがコメ欄にいるってバレたらさ……」

「間違いなくパニックになるでしょうね。ゆき目当ての人間で溢《あふ》れかえって、けーたろのコメ欄が荒れるのは目に見えてるわ」

引き継いだ芹香《せりか》の言葉に、ゆきはズーンと落ち込む。

「そ、それはダメ……。私のせいでケーくんに迷惑はかけたくない……。で、でもコメントできなくなったら私……」

「い、いや、完全にコメをゼロにしてって言ってるわけじゃなくて、量を減らしてくれればいいって話だから」

「でも、ケーくんの配信とか動画とかの感想で書きたいことがいっぱいあって……！」

「だから、その代わりに雪奈さんにもメッセグループに参加してもらえればと思ってさ」

「……え？」

「コメ欄に書くと問題なんであって、グループで直接感想を書いてもらうのは全然大丈夫だからさ。……えっと、ダメかな？」

俺がそう言うと、ゆきはしばらくの間キョトンとしていたが、

「だ、ダメじゃない！　全然ダメじゃないよ！　むしろうれしい……！　うう～！」

やがて本当にうれしそうに、全身で喜びをかみしめていた。

そうしてゆきは嬉々《きき》としてスマホを取り出すと、満面の笑みを芹香に向けて、

「芹香さんも私もケーくん推しだから、これはケーくん推しグループだね！　今後ともよろしくお願いします！」

と元気よく頭を下げた。その姿があまりにも無邪気だったからか、芹香はどこか毒気を抜かれたような、でもちょっと複雑そうな表情で肩をすくめていた。

「……まったく、人気アイドルとメッセで繋《つな》がるとか、何考えてんだか」

「だから、お前がそれを言うかって話でな……。それにお前が幼馴染《おさななじみ》だからＯＫってんなら、雪奈さんだってクラスメートだからＯＫだろ」

「そういうの詭弁《きべん》って言うのよ」

その詭弁を先に弄したのはお前だろ……、とそんな会話を交わしていると、

「あ、そうだ！　あの、ケーくん、ちょっとお願いがあるんだけど、いいかな……！」

幸せそうにスマホを眺めていたゆきが、ふと何か思い出したような顔をして、今度は少し恥ずかしそうにそんなことを言ってきた。……お願い？

「あ、あの、ケーくんは芹香さんのこと芹香って名前で呼んでるよね？」

「まあ、昔からずっとそう呼んでたから」

「そ、それでね？　私も、その、芹香さんと同じケーくん推し仲間だから、もうちょっとフランクに呼んでほしいなって……！」

「え、フランクにって」

「だ、だから、ほら、たとえば名前で、とか……」

……名前？　って、つまり「のぞみ」と……？

「い、いやいやいや！　それは、ちょっと、気安すぎるというか……！」

想像して、俺はめちゃくちゃ慌てた。

……ゆきを名前で呼び捨てとか、そんなこと恐れ多くてできるはずがない‼

「じゃ、じゃあさ、ケーくんは私のこと推してくれてるんだよね？　その時はどんな風に呼んでたの？」

「そ、それは普通に、アイドルとして『ゆき』って」

「じゃ、じゃあそれで！　これからは普段の時も『ゆき』って呼んでほしいな……！」

……や、ヤバい。ちょっと照れた感じで言う姿が可愛すぎて辛《つら》い……！

確かに心の中でずっと『ゆき』って呼んでたわけだし、アイドルとしての呼び名だから何もおかしくはないんだけど……。

「え、えっと、……ゆき？」

「はうっ⁉　け、ケーくんにゆきって……！　はううぅ……！」

限界化してしまってるゆきだけど、こっちも恥ずかしさで限界化しそうなんだが⁉

別に変なことしてるわけじゃないのに、なんだこの背徳感は……！

「なに鼻の下を伸ばしてるわけ……？」

と、再び闇のオーラをまとった芹香に睨まれ、俺はなんとか我を保つ。

思わず背筋を伸ばす俺と相変わらず限界化しているゆきを交互に眺めながら、芹香は不機嫌顔で小さくため息を吐《つ》いた。

「……ったく、なんでこんなことになるのよ……。そもそもこの場にこの子がいること自体が想定外なのよ。…………はぁ、なんで毎回こうなっちゃうんだろ……」

小さな声でそんなことを呟《つぶや》く芹香。後半はよく聞き取れなかったけれど、想定外っていうことなら、こっちだって同じだ。

「俺だって、こんな形で芹香と再会するなんて想定外だったよ」

「……なによ、やっぱり私がマリエルだってことに不満があるわけ」

「いや、そういう意味じゃなくてだな」

ギロッと睨《にら》みつけてくる芹香に、俺はふるふると首を振って続ける。

「お前とはひょっとしたら二度と会えないかもって思ってたからさ、意外だったんだよ」

「え？　それってどういう……」

「ほら、お前ってすごいお嬢さまだろ？　文字通り生きる世界が違うというか……。幼稚園と小学校は情操教育のためにって俺達と同じ公立に通ってたみたいだけど、中学からは本格的にお嬢さま学校に通い始めたって聞いてさ、俺の引っ越しで離れ離れになっただけじゃなくて、そういう点でも遠いところに行ったんだなって思ってたんだよ」

「そ、それは……」

「でもまさかそれがＶＴｕｂｅｒになってて、しかもこんな形で再会するとは思ってなくてさ。なんていうのかな……、うん、すげーうれしかった」

「え……？」

　俺の言葉に、芹香は驚いたように目を見開く。

「う、うれしかったって……。わ、わた、私と再会できて、うれしかったの……？」

「そりゃそうだろ。幼稚園からずっと一緒だった幼馴染なんだからさ。まあつっても、お前にとっては俺は幼馴染っていうより召使いみたいなもんだったかもしれないけど」

「な、なによそれは」

「だってお前、いっつも俺に無理難題ばっか言ってきてさ。それに大概不機嫌な顔してたし。自覚なかったのか？」

「そ、それはあんたが……！　ううううう……！」

　なぜか真っ赤な顔で唸《うな》り始める芹香。

「まあでも、俺はそんな幼馴染でもまた会えてうれしかったよ。芹香がマリエルさまだってことも、俺を推してくれてるってこともそうだけど、やっぱり幼馴染と再会できたってこと自体が一番うれしかったかな。想定外の再会の仕方だったけど」

「……わた、私も……！」

「ん？」

「…………私も、あんたと再会できたの、うれしかったわよ……」

ボソッと、目を合わさずにそう言う芹香。

昔から性格のせいで素直になれないやつだったけど、今もそこは全然変わってなくて、でも逆にそういったところが俺にはなんだか無性にうれしくて。

「そっか。ならよかった」

だから俺は笑ってそう返した。我ながら心からの笑顔だった。

「ああもう……！」

芹香は俺と目を合わせないまま、顔を赤くして俯《うつむ》く。

そしてしばらく黙っていたかと思うと、本当に小さな声で何かポツリと呟いた。

「…………こんなことなら、もっと早く会いに行けばよかった……」

「ん？　今なんて」

「……っ！　な、なんでもないわよ！　と、とにかく！　私はあんたの幼馴染であると同時に、ＶＴｕｂｅｒの堕天院《だてんいん》マリエルで、あんたの推しでもあるんだからね！　これからもガンガン推していくから、そのつもりで覚悟してなさい！」

「何の覚悟だよ⁉」

「あ、私も私も！　グループにも入れてもらったし、今まで以上にケーくんのことを推していくね！」

「ちょ、ちょっと、今私が話してるんだから邪魔しないでよね！」

「あ、もちろん芹香さんも一緒に、ケーくんのこと推していこうね！」

「人の話聞いてるの⁉」

ニコニコ顔のゆきとなぜか必死な芹香。なにやらギャーギャー言い合ってるが、あれで普通に会話が成立してるっぽいからやはりすごい。

俺はそんな芹香を眺めながら、改めて昔と変わってないなと苦笑する。

……俺のことを推すだって？　それはこっちのセリフだっての。

マリエルさまの中の人が芹香だって知って最初は困惑したけど、今は芹香だからこそ余計に推せるって気になってる。

俺は、これからも変わらずマリエルさまを推していこうと心の中で誓う。

それと同時に、ゆきとマリエルさまの二人とメッセで繋がってしまったことで、これまで以上にその辺りは節度を保っていかないとな……と、自分を戒めるのだった。

「ええ、会ってきたわ。もちろん私がマリエルだってことも言って……。大丈夫、あいつは幼馴染だし、ＳＮＳで拡散するようなバカじゃないから」

☆

その日の夜、私はマネージャーとのボイチャで今日のことを報告していた。

「………うん、だから安心して。コラボはこれからもやっていくから。……い、いきなりだったのは仕方がなかったの。それは謝るけど……。はいはい、気をつけるから」

昨日のいきなりのコラボや、今日けーたろに会いに行ったことなど、私の方から突然決めてやったことだから、迷惑をかけたことについては素直に謝っておく。

「ああそれから、実は今日『ゆき』とも会ったのよ。……そう、あのアイドルの雪奈《ゆきな》のぞみ。……なんでって、そんなのこっちが聞きたいわ。待ち合わせ場所に急に現れて……。そう、ケイ関係で、実はクラスメートだったんだって。あ、そうそう、ゆきにも私がマリエルだってこと言っといたから。…………だから大丈夫だって。ちゃんと釘《くぎ》を刺しといたし、向こうもプロなんだからその辺りはちゃんとしてるでしょ」

私は雪奈のぞみの顔を思い浮かべる。調べた時はアイドルにしてはクールな印象だったけど、けーたろを前にしたあのデレデレ顔はなんなんだと、今思い返しても胸がもやもやしてくる。……しかもやっぱりアイドルだけあって超可愛《かわい》かったし……。

「……そ、だから何も問題なし。今後の活動に支障とかはないから。……え、なに？　キャラ崩壊にだけは気をつけてって？　別に崩壊とかしてないから！　マリエルだって推しを前にしたら普通にああなるの！　……とにかく、ケイとのコラボとかはこれからも続けていくからそのつもりでいてよね。……はいはい、じゃあまた」

用件を話し終え、ボイチャをオフにして私は一息つく。

……ったく、心配性なんだから。まあマネージャーなら当然なんだけどさ。

でもキャラ崩壊って何よキャラ崩壊って。たまにはマリエルだってテンション上げてもいいでしょっての。そもそも堕天院マリエルはけーたろのために生み出されたキャラなんだから、限界化して当然なのよね、まったく。

私は頭を切り替えて椅子から立ち上がると、そのままベッドに向かってダイブした。

そして枕をギュッと抱きしめると、今日の出来事を思い返す。

「……けーたろ、カッコよくなってたなぁ……」

自然と漏れたそんな呟きに、私の頬はかあぁぁ……と熱くなる。

久しぶりに会った幼馴染の姿を思い浮かべると、それだけでもう胸がキュンキュンしてしまう。昔からカッコよかったけど、成長した姿は予想以上に男の子らしくなっていて、しばらくの間照れてしまい直視できなかったくらいだ。

「けーたろ、やっと会えた……」

私は再会の喜びに浸りながら、思考をさらに小さな頃へとさかのぼらせる。

けーたろと出会ったのは幼稚園に入る前。私とけーたろは父親が友人同士で、その関係で知り合った。その頃はお互い家も近かったから、私達はいつも一緒に遊んでいた記憶がある。その関係は私達が離れ離れになる、中学進学の直前まで続いた。

ずいぶん仲のいい幼馴染《おさななじみ》だと思われるかもしれない。それ自体はその通りで、私達の関係はずっと良好だった。けど、それだけがずっと一緒にいた理由じゃない。厳密にいうと、けーたろがずっと私の傍《そば》にいてくれたと言った方が正しい。

私は、自分でいうのもなんだけど優秀な人間だ。頭もいいし見た目もいいし家柄もいいし、ないものといえば胸の大きさが少々——……と、そんなことはどうでもよくて！　とにかく、自他ともに認める『何もかも持っている人間』だった。

でもそういう人間にありがちなように私もまたプライドが高く、あとなかなか素直になれない性格だったこともあって、周りの子達と軋轢《あつれき》を生むことが多かった。そうなると当然私は周囲から孤立することになるわけだけど、そんなどうしようもない私の傍にずっと離れずにいてくれたのが、幼馴染のけーたろだったのだ。

けーたろのことをいつ頃から好きになったのかははっきり覚えていない。

気付いたらいつの間にか好きになってたという表現が正しいと思う。

少なくとも小学校高学年になる頃には、私は自分の恋心を自覚していた。

けど素直になれない私がそんな想《おも》いを言い出せるわけもなく、グズグズしているうちにけーたろは中学進学と同時に引っ越していってしまった。

離れ離れになったことは寂しかったけど、でも意外なことに私はそんなに落ち込むことはなかった。というより、逆にこれはいい機会だと思った。素直にはなれないけど優秀な私は、この離れ離れになっている期間に外堀を埋め、再会した時にバッチリけーたろと恋人になってやるんだと心に決めたのだ。

そうして私は中学時代、ひたすら自分を磨いた。勉強や運動はもちろん、苦手だった人付き合いもがんばってできるように努力したし、それだけじゃなく歌や踊りといった習い事にも手を出した。さらにオタク文化の勉強や、けーたろが大好きなゲームについてもコーチまで雇って練習した。とにかくけーたろと恋人同士になるために必要と考えた分野は全て手を出して、そして習得していったのだ。

実はＶＴｕｂｅｒになったのも、そういった外堀埋め活動の一環だった。

信頼できる筋からけーたろがＶＴｕｂｅｒにハマっているという情報を得た私は、すぐさまＶＴｕｂｅｒになるべく動いた。大手事務所のティンクルライブのオーディションを受け合格。キャラクターの外見や口調もけーたろ好みを意識して作り上げ、さらに演技はけーたろを相手にしているつもりでやった。全てはけーたろに絶対に好きになってもらいたいという思いのみだった。

その甲斐《かい》あって私はＶＴｕｂｅｒとして人気を博し、けーたろからも推されるようになった。それはいいのだけど、当初は高校進学と同時に再会して恋人に——という計画を予定していたので、気付いたら一年も遅れる結果になってしまった。

とはいえ計画自体は達成。後は堕天院マリエルとしてけーたろを推して「実はあんたの推してたマリエルは私だったのよ！」とサプライズと同時に再会。シチュエーションもドラマチックにして、そのまま二人は念願の恋人同士に——

「……っていう計画だったのに……！」

その直前に起こった予想外のハプニングで、私の計画は根本から崩壊してしまった。

雪奈のぞみ。

あろうことか今をときめくトップアイドルが、なぜか突然けーたろを推してバズってしまったのだ。まさか私がやろうとしていたことを、そっくりそのまま直前にかっさらわれてしまうだなんて……！

あの日、突然けーたろと雪奈のぞみがバズったのを知った私は、文字通り呆然《ぼうぜん》自失の状態になった。直後に予定していた配信も急遽《きゅうきょ》取りやめて、本気で寝込んでしまったくらいショックだったのだ。

……なんでこんなことが……！　と私は運命を呪いながらベッドの上をのたうち回ったわけだけど、いつまでもショックを受けてる場合じゃないとなんとか立ち直った。

こうなったら自分もやるしかない。雪奈のぞみに先を越された形になったけど、私も計画通りけーたろをバズらせる。そして直後に再会し、サプライズからの告白をする。

バズらせサプライズは雪奈のぞみに奪われたけど、その後の流れは関係ない。

計画通りけーたろと再会して念願の恋人に——……と思っていたのに、

「なんであそこでまたあの子が出てくるのよ！　あんな偶然ある⁉」

私はボスボスと枕を殴りつける。今思い出しても腹立たしい。

感動の再会の、しかもクライマックスの告白シーンで、またしても雪奈のぞみの邪魔が入ったのだ。偶然にしたってひどすぎる。神様、私何か悪いことした⁉

それで結局告白はできずじまい。せっかくの再会なのに雪奈のぞみは乱入してくるし、しかもけーたろのクラスメート？　ふざけんじゃないわよ！　実物はやっぱり超絶美少女だったし、本当にけーたろのことめっちゃ推してるし……！

「あーもうあーもうあーもう‼」

私は思い出しながらベッドの上を転げまわる。なんで何度も雪奈のぞみにしてやられないといけないのか。なんであんな子がけーたろの傍にいるのか。理不尽がすぎる。

「だけど……！」

やがて私は転がるのをやめて、気を取り直す。

だけど絶対に私は諦めない。再会を喜んでくれたけーたろのあの笑顔を思い出すと、絶対に負けないという想いが心の底から強く湧き出てくる。

私は負けない。たとえ相手がトップアイドルだろうと、私は絶対けーたろを渡さない。

だって私が一番最初に、けーたろのことを好きになったんだから。

だって私が一番最初に、けーたろのことを『推し』たんだから！

「覚悟してなさいよね……！」

そんなけーたろに向けてなのか雪奈のぞみに向けてなのか、自分でもよくわからない言葉を呟《つぶや》きながら、とりあえず雪奈のぞみが本当に恋のライバルになるのかどうかをまずは見極めないと！　と、私はもう一度強く強く枕を抱きしめるのだった。

第三章　妹でコスプレイヤーだけど推してもいいですか？

「ゆきのあの発言には俺自身も驚いたんだよ。……いや、何度も言ってるけどマリエルさまとのコラボは急な話で、前々から知り合いだったたってことはなくて……。あ、初コメありがとうございます！」

芹香《せりか》との再会を果たした日の夜。

俺はいつものLoF配信を終え、コメント相手に雑談をしていた。

いや、雑談というよりコメ欄に溢《あふ》れる質問に四苦八苦してると言った方が正しいかもしれない。今までライブ配信のコメ欄なんてスッカスカだったのに、今は溢れんばかりのコメントが押し寄せてくるんだからな。

ゆきに続いてマリエルさまにもバズらされたことで、ライブの同時接続数は五桁にのぼっている。今まで一桁だったことを考えるとそのインフレ具合はすさまじい。

とはいえ、これが自分の素の実力だなんて思うほど、俺はうぬぼれの強いタイプじゃない。あくまでゆきとマリエルさまのおかげだってことを自覚しつつ、今後は俺自身の実力でこの数を繋《つな》ぎとめていかないといけないわけだ。大変だが、推してくれたゆきとマリエルさまのためにもがんばらないとな。

と、そんなことを考えながら俺が押し寄せるコメと格闘していると、不意にノックの音がして部屋のドアが開いた。

「……お兄ちゃん、今いい？」

やって来たのは妹の紗菜《さな》だった。紗菜が俺の部屋を訪ねること自体は別におかしなことじゃなかったけど、今は配信中だ。紗菜の声がバッチリ配信に入ってしまい、その瞬間、コメ欄がにわかに騒然とし始めた。

『今の声誰？』『今お兄ちゃんって言ってたよね？』『妹キター！』『主って妹いたんだね』『声可愛い！』『妹いるとか羨ましいな！』『妹も一緒に出演させて！』

お前らどんだけ妹が好きなんだよ！　と思わずツッコみたくなる反応だが、ぶっちゃけ気持ちはわかる。俺も視聴者側なら同じような反応をしただろうし、配信者の家族が急に入ってくるハプニングって、なんかちょっと見てる方としては楽しいよな？　素の一面が見れたというか……、って言ってる場合じゃねーな！

俺は紗菜の方を振り返り、身振り手振りで現在配信中であることを伝える。

「……配信中だった。ごめんなさい」

すると紗菜は、慌てる俺に対してどこまでもマイペースに「ああ、そういえばそうだったね」的な平然とした反応でそう言うと、そのまま何事もなかったかのように部屋から出て行ってしまった。

これまで紗菜はその辺りちゃんと配慮してくれていて、俺が配信中の時はああやって部屋を訪ねてくるようなことはなかった。だからこそ何か急用かと思ったんだけど、どうもそうじゃなかったみたいだし、なんだったんだ一体……。

首を傾《かし》げつつ、まだ妹で盛り上がり続けるコメを相手にしていると、今度はスマホが音を立てた。見るとゆきと芹香からのメッセが入っていて、ゆきからは、

『ケーくんって妹がいたんだね。妹さんにも会ってみたいし。お兄ちゃんなケーくんも見てみたいな』

という普通（？）の感想。一方で芹香からは、

『妹って何⁉　あんた妹なんていなかったでしょ⁉　どういうことなのよ‼』

と、やたらと！マークが多い文章が飛んできた。

そういえば親父《おやじ》が再婚して義理の妹ができたってのは言ってなかったっけ、と思っていると、さらにスマホが鳴って『お兄ちゃんとか呼んでたし！』とか『ロリボイスだったけど何歳なわけ⁉』とか『待って、普通にあんたの部屋に入って来てるってこと⁉』などな

ど、さらに矢継ぎ早に芹香からのメッセが。

……いや、驚きだったかもしれないけど、なんでそこまで必死なんだお前は……。

俺は相変わらずのコメ欄と、その後も延々とメッセを飛ばしてくる芹香の相手に追われながらも、なんだからしくない行動をした紗菜のことを思い浮かべ、やっぱりどこか違和感を覚えるのだった。

▽

翌日の朝。

今日は休日だけど、いつもと同じ時間に目を覚ましてベッドを出た。

俺は休みの日でも就寝と起床時間は変えない派だ。生活リズムを崩すと体調も悪くなるし、それで学校を休んでゆきの登校日を逃すなんてことになったら最悪だからな。こういうところでもゆきの影響を受けてる俺って、やっぱり推しの鑑《かがみ》ですわ。

そんな自画自賛しつつ、服を着替えて顔を洗うと、次に向かうのは妹の部屋。

香澄《かすみ》さん（親父の再婚相手、つまり紗菜の母親）からのお願いで、毎朝紗菜を起こすのが俺の日課になっていた。最初は義理の妹とはいえ寝てる女の子の部屋に入ることにドキドキしていたわけだが、今となってはもう慣れたもんだ。

「おーい紗菜、入るぞー。もう朝だぞー、起きろー」

そう言って部屋に入りベッドに近づくと、紗菜はいつも通り頭まで布団《ふとん》にくるまりながらスースーと寝息を立てていた。傍《そば》のカーテンを開けてその布団を引っぺがすのが、この半年で編み出した『最も効率よく紗菜をたたき起こす方法』だ。

「……うみゅ」

布団を剝がされた紗菜は、ふにゃふにゃした声を出しながら身体《からだ》を丸める。その体勢とピンク色のパジャマ姿が実に可愛《かわい》らしいが、ここで仏心を出して「あと五分くらい寝かせといてやるか」とか考えると、後々とんでもないことになるので厳禁だ。

紗菜はまだ目はつぶったままで、夢の世界から脱出してくる気配はない。

俺はいつものごとく、声かけからの身体揺さぶり→最後はおぶってでも洗面所に連れていくのコンボを発動させようかと思ったが、

「……うぁ？　あさ……？　あ、朝っ！」

意外にも、次の瞬間紗菜が自分からパチッと目を開けて起き上がったので、俺は正直めちゃくちゃ驚いた。驚きすぎてちょっと飛び上がってしまったくらい。

「ど、どうした？　お前が一発で起きるなんて、どっか身体の具合とか悪いのか？」

「……なんかすごく失礼なこと言われてる」

俺の反応に、むぅっと不機嫌そうに頰を膨らませる紗菜だったが、いやいや無理もないだろ。俺が毎朝どんだけ苦労してお前を起こすという超ハードモードなミッションを遂行してると思ってるんだよ。

「いつも五分以上はベッドにしがみついてるのがザラだろ。下手すりゃそれ以上。何度遅刻の危機に相まみえたか……」

「……記憶にない。サナは毎朝爽やかな目覚め」

「その陰で兄がどんだけ苦労してるかをだなぁ⁉」

「ふぅ、今日も自分一人で起きれた。とてもいい朝」

こ、こいつ、目を逸《そ》らしながらなんてわざとらしいセリフを……！

「あ、そんなことよりお兄ちゃん、朝ごはんは？」

「……やれやれ、これから準備するよ。お前は顔でも洗って――」

俺がそこまで言いかけた時、紗菜は突然バッとベッドから立ち上がった。

「よかった。朝ごはんはサナが用意するから」

「は？」

そしていきなりそんなことを言い出したので、俺は呆気《あっけ》にとられる。

……朝飯を紗菜が用意するって、今までそんなこと一度もなかったのに？

「って、な、何やってんだよお前！」

そして何を思ったか、紗菜がそのまま慌てた様子で着替え始めたので、俺は急いで手で視線を遮ろうとするも、なぜか上手《うま》くいかずバッチリその様子を見てしまう。謎だ。

最初はいろいろ焦《あせ》ったものの、家族として馴染《なじ》んだ今は風呂上《ふろあ》がりのラフな格好も時々見えるパンチラにも動じなくなった俺だが、さすがに目の前で生着替えなんか見せられたら平然としてはいられない。

「……あっ！　で、出てって！」

ハッと気付いた紗菜に部屋からたたき出され、俺はようやく息を吐く。……って、自主的に出ろよって話なんだけど、こっちも気が動転してたんだよ。マジで。

「……ったく、なんなんだ一体」

俺は釈然としない気分のままキッチンへと移動する。

それにしても紗菜のやつ、朝食は自分が用意するとか言ってたけどどういうことだ？

これまでは毎朝俺が作って、まだ完全に目が覚め切ってない紗菜に何とか食べさせるってのがいつもの流れだったのに、どういう風の吹き回しなんだろう。

よくわからないが、ああいわれた以上は勝手に準備するわけにもいかず、俺は手持ち無沙汰で待っているしかなかった。

「……お待たせ。すぐ用意するから」

すると間もなく紗菜がやって来て、冷蔵庫を開けて食材を探し始めた。

その姿への違和感もあったが、なにより紗菜の格好に俺は目を見張った。というのも、紗菜がエプロンを着けていたからだ。エプロン姿の紗菜なんて初めて見たので、新鮮というかなんというか……、やっぱ可愛いよな、こいつ。

「お前、エプロンなんて持ってたのか？」

「え？　……ああ、これ前にコスプレで使ったやつ」

「それっていいのか？」

「？　なんで？　エプロンってこういう時に使うものでしょ」

……そう言われればそうなんだけど、コスプレ用って言われるとどうしても『衣装』って感覚になってしまうんだよな。

「……よし、目玉焼きとトースト。あとサラダを作る。お兄ちゃんはそこで待ってて」

やがて紗菜は食材を取り出すと、キッチンの椅子に座ってからさっさと調理を開始した。

俺は言われた通り、そんなことを言って出来上がりを待つしかなかった。

エプロンを着けて料理をしている妹の後ろ姿。……なんというか、いいよな。うん。上手く言葉にできないけど、なんかいい。すごくいい。

「……ふぅ、お待たせ。できた」

そんなことを考えているうちに朝食が完成したらしく、テーブルの上には二人分の料理が並んだ。内容は言った通りトーストと目玉焼き。それからトマトとレタスのサラダだ。

「じゃあ、いただきます……」

「……どう？　サナの朝ごはん……」

出された料理を食べる俺に、紗菜は結構な前のめりでそう訊《たず》ねる。

初めて作った朝食の感想が気になるのは当然なんだろうけど、ちょっと力が入りすぎてませんかね？　なんか目もマジな感じに見えるのは気のせいか？

「ああ、美味《おい》しいよ」

とはいえ、俺は頷《うなず》きながらそう答える。

正直トーストはちょっと焦げてる部分があるし、目玉焼きは若干殻が残ってて時々ジャリジャリするし、サラダは切り方が雑なのかトマトの大きさが不揃《ふぞろ》いだったけど――

でもそんなのは些細《ささい》なことで、妹が作ってくれた朝食という時点でマズいはずがなかった。突然のことに驚きはしたけど、朝食の用意をしてくれるって行動自体は間違いなくうれしいから、その時点で大幅なプラスしかない。ええ、甘々配点ですが何か？

「……よかった」

俺の答えを聞いて、紗菜《さな》はホッと安堵《あんど》したように笑う。

しかし何かを思い出したかのようにハッとした様子を見せたかと思うと、なぜか俺に背を向けてなにやらゴソゴソし始めた。……何やってんだ？

「は、はいお兄ちゃん。デザート」

やがて紗菜は振り向いて、そんなことを言いながら腕をこっちに伸ばしてきた。

手にはフォークが握られており、その先っぽには刺さったリンゴが一切れ。

「はやく口開けて。あ、あーん」

「いやいやいや、いきなり何やってんの⁉」

「だからデザートだって言ってる。ほ、ほら早く。手が疲れる」

いやそんなこと言われましても……、と戸惑う俺だったが、紗菜がどこか必死な目で俺を睨《にら》んできてたので、仕方なく口を開けてそのリンゴを食べる。シャリシャリして美味《うま》かったけど、……なんだこれ、すげー恥ずかしいんだが⁉

「べ、別に、お兄ちゃんだって時々こうやってサナに食べさせるし、変なことじゃない」

俺が何も言えずにいると、紗菜は顔を赤くしながらそんなことを言った。

確かに俺の手で紗菜に朝飯を食べさせることはあるんだけど、あれは紗菜が半分寝てる状態の時に仕方なくやってるだけで、もちろん俺は「あーん」とか言ってないし、やっぱり今のとはなんか違う気がするんですけど……。

「そういえばお母さん達は？　お仕事？」

その後、朝食を終え片付けも済ませた頃、紗菜はふと思い出したかのようにそんなことを訊ねてきたので、俺はそうだと頷く。

今日は休日だが、俺の親父《おやじ》も香澄さんも頭に超が付くほどの仕事人間で、休みだろうがお構いなし。今日も例に漏れず早朝から出かけたらしく、二人とも家にはいない。

「……じゃあお兄ちゃん、これから何するの？」

すると紗菜はそんな質問をしてきたが、ここでいう『何』とは家事のことを指す。

親が家を空けがちな分、家事は自然と子供の仕事になる。親父が再婚するまでもずっとそうだったから、今となってはもう慣れたもんだ。

「昨日のうちに洗濯しといたのが乾いてるだろうから、とりあえず洗濯物を片付けるところからかな」

俺はいろいろとするべきことを思い浮かべながらそう答える。

すると紗菜はまたさっきのように、前のめりになって迫ってきた。

「それ、サナがする」

「へ？　お前がって、洗濯物？」

「それだけじゃなくて、家のことは全部サナがする。お兄ちゃんはしなくていい」

突然のそんな宣言に、俺はぽかんと口を開ける。

「……いやいや、何言ってんだよ。さっきの朝飯のこともそうだけど、一体どうしたってんだ急に？　熱でもあるのか？」

「だから失礼！　それに、別にどうもしないし」

「そんなわけあるか。普段は割り当て分さえ面倒くさそうにしてるくせに、今日に限って絶対おかしいだろ。理由を言え理由を」

「そ、それは……。そう、家庭的な妹になろうと思って……！」

……家庭的な妹。なんかありそうでなかった単語だなそれ。

「それは、まあ、いいことなんだけどさ。なんでまたいきなり？」

「だ、だから別にって言ってる。なんとなくそんな気分ってだけ。ほら、サナがやるって言ってるんだから、お兄ちゃんは妹が家事をしている間に自分の部屋で好きにゲームでもしまくってればいい」

「言い方に悪意を感じるんだが!?　最低な兄貴じゃねーかそれ！」

抗議の声を上げるも、紗菜は「仕事の邪魔だから」と俺をさっさとリビングから追い出してしまう。……ったく、マジで急にどうしたってんだよ！

まあ紗菜が家事に目覚めてくれたこと自体は大歓迎なんだけど、だからって言われた通り、妹に仕事を押し付けて兄である俺が遊んでるなんてできるわけがない。

「……普段できないところの掃除でもするか」

洗濯物は紗菜がやるって言ってるんだから、俺はそれ以外のことをしようと決めた。

とりあえず、廊下の雑巾とモップ掛けでもやろうかと用具置き場に向かう。

「やっぱ、なんか変だよなー」

俺は妹の様子を思い浮かべながらモップを動かす。黙々と掃除をしながらも、考えるのはやっぱり紗菜のこと。どう考えてもおかしいもんな、あの変化は。

何かがあったのは間違いないが、何があったのかわからない。

そういえば昨日、幼馴染《おさななじみ》である芹香《せりか》と再会したことや、その場でゆきとも会ったことなどを紗菜に話して、その時にもちょっと変だったような気がする。

……まあ何がどう変だったかっていわれても困るんだか、何かを考え込んでいたような様子はあった。とはいえ、それが関係あるとも思えないんだよな。俺が誰と会おうが、そんなことは紗菜にはどうでもいいことなわけだし。

「……うーん、わからん。原因不明。まあ本人の言う通り、なんとなくってのが本当のところなのかもな」

しばらく考えたがわからなかったので、俺は思考を止める。普段から紗菜は何を考えてるかよくわからないし、お手上げだ。まあ悪い変化じゃないならいいよな。うん。

そう結論付けた頃には廊下の雑巾&モップ掛けはあらかた終了しており、じゃあ次は何をしようかと考える俺。で、思いついたのがリビングの棚の拭き掃除だった。

高いところは普段なかなか掃除しないからほこりが溜《た》まってるに違いない。面倒くさいことは、やる気があるうちにやるに限る——ということで、俺はモップを片付けて雑巾と水を入れたバケツ片手にリビングに向かった。

ドアを開けると、洗濯物の山に向かって座っている紗菜の後ろ姿が見えた。

どうやらたたんでいるところらしいが、結構な量が残っており、あんまり進んでいないようだ。手こずっているのか？　まあ邪魔はしないでおこう。

俺は椅子を棚の近くに移動させその上に乗った。バケツを棚の上に置きさあやるかと思いつつ、もう一度紗菜の方を見ると、俺にはまったく気付いていないらしい。

「……んふ」

……うん？　なんだ今の声？

「……んふふ、んふー」

なんだか妙に気の抜けた声が聞こえてきて、俺はもう一度こちらに背を向けている紗菜の方に視線を向ける。すると、紗菜が何かをギュッと抱きしめながら、クネクネと身をよじらせているのに気がついた。……何を抱えてるんだ？　って、あれは俺のシャツ？

「何やってんだお前？」

「んぶっ⁉」

俺が声をかけると、紗菜の身体《からだ》が飛び上がらんばかりの勢いでビクンッと跳ねた。

珍しく驚いた表情全開で振り向く紗菜。その手にはやっぱり俺のシャツがしっかり握られていて、なぜか顔の近くまで持ち上げられていた。……マジで何やってたんだ？

「お、お兄ちゃん⁉　こ、これは、その……！　べ、別にサナはお兄ちゃんのシャツのにおいをかいでたってわけじゃなくて！　あ、あのその……！」

「シャツのにおい？　ちゃんと洗濯できてなかったのか？」

「そ、そう、それ。それをチェックしてた。うん、そう」

コクコクと結構な勢いで頷く紗菜。なんでちょっとホッとしたような顔してんだよ。

「チェックの結果、お兄ちゃんのシャツはいいにお――違う。問題なかった。だから全然気にしなくていい」

「そんな真顔で力説されることでもないと思うが……。でもまあ洗い直さなくていいってんなら助かる。じゃあそいつは片付けとくから──」

と、シャツを受け取ろうとした俺だったが、なぜか紗菜はギュッと握ったまま手放してくれず、上目づかいでこちらを見つめてきた。

「あ、あの……、これ、ほしい。気に入ったから。……ダメ？」

「へ？　ほしいって、俺のシャツを？　なんで？」

「そ、それはその……、こ、コスプレで使うから」

ああ、男装用とか？　まあ普段着用のシャツだから別になくなってもいいものだけど、それにしたって俺のお下がりを使わなくてもいいと思うんだが。

とはいえ、そういうことなら断れない。俺が頷くと、紗菜は「ありがと……」と小声で呟《つぶや》きながら、またギュッとシャツを抱きしめる。そんなに気に入ったのか、それ。

「まあいいんだけど、洗濯物が全然片付いてないみたいじゃないか」

「そ、それは、お兄ちゃんのシャツを堪能《たんのう》──チェックしてたら時間がかかっただけ。今から急いで片付ける」

「確かに単調作業だからつい気が散るのはわかるな。俺もスマホで動画見ながらやってたら、いつの間にか洗濯物放置で日が暮れてたことがあるし」

「さすがにそれはない。引く」

……兄がせっかくフォローしてやってるのに、それをバッサリ切り捨てるとか鬼かよ。

ジト目を向ける非道な妹に心の中で寂しさを噛《か》みしめていると、紗菜はふと何かに気がついたような顔で口を開いた。

「……そういえば、お兄ちゃんはなんでここにいる？」

「ああ、リビングの棚の掃除をしようと思って」

俺がそう言ってバケツを指さすと、紗菜はなぜかムッとした様子で立ち上がる。

「お兄ちゃんは休んでてって言った。今日はサナが家事全部やる。掃除もやるから」

「あ、おい！」

そしてそのまま椅子の上に乗り、俺が制止する暇もなく棚の上に置いてあったバケツへと手を伸ばす紗菜。いや、その中には水が入ってて——って、危ない！

「え？　あっ！」

想定外の重さだったのか、バランスを崩した紗菜がよろめく。そして手をかけられたバケツも傾いたのが見えて、俺は弾《はじ》かれたように飛び出した。

紗菜の背中を押す。同時にザバッという水音がして、さらに視界が暗くなった。

頭にはプラスチックの感触。そして全身はずぶ濡《ぬ》れ。

「お、お兄ちゃん、大丈夫？」

「……バケツってかぶるとこんな感じなんだな」

バケツの外から聞こえる紗菜《さな》の声に、俺は静かに答える。

とりあえず紗菜が無事だったようでそれはよかったんだけど、なんで自分は水浸しになってるんだろう……と、あまりの事態に思わず黄昏《たそがれ》てしまう俺なのだった。

──っくしゅん！

▽

「はー……、あったけー……」

温かいシャワーに打たれながら、俺は人心地ついた声を出す。

あの後、バケツの水をかぶってびしょ濡れになった俺は、紗菜に促されるがままに風呂《ふろ》場へとやって来て、シャワーを浴びていた。

最初はいいって言ってたんだけど、風邪をひいたら大変だからと紗菜が譲らなかったんだよな。確かに春先とはいえまだ寒いから、結果的には従って正解だった。

紗菜は後片付け中。幸い洗濯物に水がかからなかったから、床掃除だけで済みそうでよかった。紗菜は自分の不注意を謝ってたけど、高い場所に水入りのバケツを置いてた俺にも非はあるから、まあ事故だな。実に間抜けな事故だった、まったく。

「んあー……」

俺はシャワーを浴びながら気の抜けた声を出す。といっても頭の中まで呆《ほう》けているわけじゃない。実はさっきからずっと紗菜のことを考えてたりするんだ。

──紗菜の様子がおかしい。

今朝起こしに行った時から思ってたことだけど、シャキッと目覚めるわ朝飯は用意するわ家事は自分がやるから俺は休んでろと言い出すわ……。どれもこれも普段の紗菜ではあり得ない行動ばかりで、これでおかしいと思わないやつは家族失格だ。

紗菜のやつは家庭的な妹だなんとか言ってたけど、そんなのは単なる誤魔化しにすぎない。何か理由があっての行動に違いない。あまり俺をなめるなよ？　ラノベの鈍感系主人公なんて現実じゃあり得ないんだ。あんだけ普段と違う様子を見せておいて「なにかあったのかな？（放置）」で済ませる人間なんていないっての。

さて、じゃあ何が原因で紗菜があんな風になってるかだが──

「…………うん、わからん」

普通に心当たりがない。頭に何にも浮かんでこない。なんでなんですかね？

……いやいや、だって仕方ないだろ？　俺は鈍感系主人公じゃないが、何でも察してしまう覚醒系主人公でもないんだよ。……ってか、そもそも主人公ですらないし。自分がラノベ主人公のつもりで思考するってのはオタクあるあるなんだけどね？

と、そんなアホな考えはさて置き、紗菜のことだ。

半年の兄貴経験から察するに、おそらく紗菜は俺に何かしてほしいんじゃないかと思うんだよな。それで、家事やら何やらでアピールしてきてるんじゃないかと。多分この考えはあってるんだけど……、その何かってのが何なのかはわからない。

俺にしてほしいことがあるなら遠慮なく言ってほしいところなんだけど、そこは恥ずかしいのか奥ゆかしいのか、紗菜はあんまりそういうことをしない。まあ憎まれ口はバンバン出てくるんだが……、でもそういうところも可愛《かわい》いから俺的には全然ＯＫ。

「ま、やっぱ直接訊《き》くしかないか」

そう結論付けたところで、ふと脱衣所の方から音がしたのに気がついた。

見ると、ドアの半透明のガラスに人影が映り、コンコンとノックの音が。

「……お兄ちゃん、聞こえてる？」

「おー、聞こえてるぞー。どうしたんだー？」

紗菜の声に、俺はシャワー音に負けないよう声を張り上げる。すると「片付けは終わった」とか「さっきはごめん」といった話の後に、どこか遠慮がちな口調で「……ちょっとお願いがある」と言ってきた。

「お願い？　なんだ？」

「……コスプレ、見てもらってもいい？」

なんだそんなことか——と思ったが、直後に俺は「あっ」と気がついてしまった。

そうだコスプレだ！　紗菜のやつ、コスプレを見てほしかったのか！

ゆきにバズらされた夜にもコスプレに付き合ってくれって言われたけど、あの時は忙しくてダメだって断ったんだ。でもそれ以降、ゆきの件とかマリエルさまのバズとか芹香《せりか》のこととかいろいろあって忘れてて、結局相手できてなかったんだった。

……あー、それか。今完全に理解した。ってか忘れてた俺が１００％悪いわこれは。

俺に思い出してほしくてあんな遠回りのアピールをしてたのかと思うと、やっぱ俺の妹は可愛いと言わざるを得ない。ってか、はよ察しろよな俺。

紗菜はコスプレが趣味だが、家でやるだけで外でイベントに参加したりはしない。いわゆる宅コス専門ってやつで、コスプレを見せる相手も俺だけだって言ってた。そういう意味でもちゃんと付き合ってやらないとな。俺も楽しみだし。

「ああ、もちろんいいぞー」

俺は当然快諾の返事をする。このシャワーが終われば紗菜の新作コスプレ衣装のお披露目だ。そうと決まればさっさと済ませてしまおう。

そう思って、俺はボディソープに手を伸ばしたのだが、

「お、お邪魔します……」

その時、なぜか風呂場のドアが開く音がして反射的に振り向く。すると、

「お、おま!? な、なんで入って……!?」

なぜか紗菜が風呂場に入って来たうえ、俺はその格好にさらに驚愕《きょうがく》することになった。

上はセーラー服っぽい何かに下はスク水!? ってか、これって……!?

「……これ、新作衣装」

驚きで絶句する俺に、紗菜は顔を真っ赤にしながらそう言った。

し、新作って、ここでコスプレ衣装のお披露目をするとか思ってなかったからそれどころじゃないんですが!? それに衣装そのものも、なんつーか今までのとは毛色が違うというか……、具体的にはやたらセンシティブというか……!?

「……ど、どう？ ちゃんと再現できてる？」

「え？ さ、再現って？」

「この衣装、お兄ちゃんの方が詳しいはず」

そう言われて最初頭の中には？マークが大量に浮かんだが、すぐにハッと気付いた。

「ま、まさかそれって『マリーンハート』のキララのコスか!?」

俺のその言葉に、紗菜はコクンと頷《うなず》く。

マリーンハートとは水兵をモチーフにした美少女系のソシャゲで、キララとはその登場人物の名前だ。今結構な人気のゲームで俺も密《ひそ》かにやってるんだけど、まさかそのコスで来るとは思わなかったので、めちゃくちゃ驚いている真っ最中だ。……というか、

「……なんでお前、マリーンハートのコスを……？」

「そ、それは、……お兄ちゃんがやってるの見て……」

み、見られてただと⁉ ちょっとセンシティブな要素があるゲームだから、誰にも知られず密かにやってたつもりだったのに⁉

「普通にバレバレだった」

「いや心の中を読まないでもらえますかね⁉」

「お兄ちゃんはわかりやすい。プレイする時はやたらニヤニヤしてたし」

……おおう、マジか……。誰か俺を殺してくれ……。

「ってか別にエロゲじゃないし、やってても何も問題はないから俺は謝らない！」

「……また一瞬で開き直る。誰も謝れなんて言ってないし」

「それはともかく、なぜキララコスなんてしようと思ったんだよ」

「え？ そ、それは……、ふ、普通に可愛かったから……」

なぜか恥ずかしそうに目を逸《そ》らしながら言う紗菜。確かにマリーンハートのキャラはセーラー服を基調とした可愛いコスで、コスプレ界隈《かいわい》でも人気だって聞いたことがあるが。

俺は落ち着いて、改めて紗菜の姿をマジマジと眺める。

……いや普通に可愛い。マジで。もともと紗菜は美少女だが、やっぱりコスプレ姿はなんというか、生き生きしてるように見える。いつも通りコスのクオリティも高いし、ちゃんとキララの衣装を再現できてるのがすごい。

いきなり風呂場にやって来たことにはビックリしたけど、それはさて置きやっぱり紗菜はすごいと俺は感心する。俺の妹はこんなにすごいコスプレイヤーなんだぞって、思わず皆に見せびらかしたくなるレベルだ。

「うん、すげーいいと思う。似合ってるし、完全にキララだ」

俺がうんうんと満足して頷くと、紗菜はうれしそうにはにかむ。普段あんまり表情が変わらない紗菜だが、コスプレ姿を褒める時だけ見せるこの笑顔が、俺は大好きだった。

……と、それはいいんだけど、ここは風呂場で俺は下半身タオルのみの裸なわけで。

セーラースク水姿の義妹という余裕でアウトな存在も相まって、そろそろ退出していただけるとありがたいのですが……。

「……ありがと。じゃあ背中流すから、後ろ向いて」

だが紗菜は、出て行くどころかさらにトンデモナイことを言い出した。

「だ、だから、お兄ちゃんの背中を流す。シーンの再現」

「し、シーンって、確かにキララはそういうイベントシーンはあるけどさ。さ、さすがにそれはマズいのでは⁉」

「……あれはそういうマズいシーンだったの？」

「違う！　確かにちょいエロ要素はあるが、あそこはキララが隊長に初めて本当に心を開く大事なシーンなんだ！　よくわかってないやつがマリーンハートのことを『エロゲじゃんｗｗｗ』みたいに言うが、本当はハートフルなゲームなんだよ！」

「……じゃあ何も問題ない。さあ、背中向けて」

「はっ⁉　な、なんて巧妙な誘導尋問……！」

自爆でしょ、と冷たくあしらわれ、俺は紗菜に背を向けざるを得なくなる。

……マズいのはシーンじゃなくてそれを再現することの方なんだが、なんだか紗菜から妙な圧力のようなものを感じて、なぜか大人しく従うしかない空気感になってる。

「……こ、こんな感じ、かな？　どう？」

「どうと言われましても、背中を流された経験は初めてなもので……」

具合を訊《たず》ねる紗菜《さな》に、微妙な答えを返す俺。スポンジで一生懸命背中を洗ってくれている感触は伝わってくるが、状況が状況なだけに冷静に感想なんて返す余裕などない。

……落ち着け。兄が妹に背中を流してもらってるだけだ。でもその妹って半年前にできたばかりの義妹なんですよね？　って、いかん雑念が……！

「……えーと、シーンの再現はわかるけど、今まではそこまで本格的にやってなかったのに、どういう風の吹き回しだ？」

俺は冷静さを保つためにそんな質問を投げかける。

これまでも紗菜のコスプレに付き合っては来たけど、それは紗菜が衣装を着るのを眺めるだけのもので、ここまで凝ったことはしてない。なんで今回に限ってって話だ。

「……そ、それは、なんとなく……。お兄ちゃんのやってるゲームだから、再現したらうれしいかなって思って……」

え、それはつまり自分がやりたかったからじゃなく、俺のためにってことか？

……おかしい。風呂《ふろ》場に突撃してきたり、俺のやってるゲームのコスプレをしたり、シーンの再現もそうだけど、行動が紗菜らしくない。やっぱりなんか理由があるのでは？

あ、ちなみにうれしいかうれしくないかっていわれたら、俺のためってところも含めてすげーうれしいですけどなにか？　でも、そんなこといってる場合じゃなくてだな！

「おい紗菜、なんでまたこんな――」

俺は紗菜に訊ねるため振り向くが、そこで思わず絶句する。というのも、

「……が、がんばるから……。サナは家庭的な妹だから……！」

「ちょっ、紗菜⁉」

紗菜が真っ赤な顔で頭をフラフラさせながら、なぜか目を回しかけていたからだ。

……の、のぼせた⁉　いや、そんなに暑くないはず！　たぶん恥ずかしさが限界に達したんだろうけど、だったら最初からこんなことやるんじゃねーよ！

「おい大丈夫か⁉　しっかりしろって！」

俺はふにゃふにゃしている紗菜の肩を摑《つか》んで揺さぶりながら呼びかける。

だがその振動のせいか、次の瞬間腰に巻き付けていたタオルがハラリと落ちた。

「「あ」」

ハモる声。ついでに視線も。下に行ってまた上に戻るまでまったく一緒の動き。

「…………きゅう」

「紗菜さあああああああああああああああああんっ⁉」

そしてダウンする紗菜――って、なんだこれ⁉　どういう流れだよ⁉

俺はぐったりした紗菜の身体《からだ》を抱えながら途方に暮れる。なんでこんなことになったか

意味がわからない。意味がわからないが、とりあえずこれだけは言いたい。

……こういう場面でのラッキースケべって、普通逆じゃね？


「……で、なんであんなことをやったんだ？」

俺はタオルで濡《ぬ》れた頭を拭きながらそう訊ねる。

あの後、紗菜は間もなく意識を取り戻し、風呂場から出た俺達はそれぞれ着替えて、今はこうやってリビングで向かい合っていた。で、さっきの質問だ。

「なんか悩みでもあるんならきくぞ。お願いでも、できることならするし」

あのらしくない行動の理由を知りたくて、とりあえずお悩み相談風に訊《き》いてみる俺。

……さっきのはどう考えてもやりすぎだったしな。可愛《かわい》かったけど。

「………………」

しかし、紗菜は気まずそうな顔を見せるだけで答えない。……むう、これはなかなか根が深そうだ。ここは兄として、なんとしても妹の力になってやらねば。

「悩みの種は人それぞれだからな。どんなことでも気軽に相談してくれていいぞ」

「……悩みの種が何か言ってる」

「なんでそこで俺を睨《にら》む？」

「……はぁ、わかった。確かにハッキリさせた方がいいかも」

やれやれとため息を吐《つ》いた紗菜は、やがて俺を真《ま》っ直《す》ぐに見据えて口を開いた。

「お兄ちゃんはバズらされたことをどう思ってるの？」

「え？　バズらされたって、ゆきとマリエルさまのことか？」

「……そう、そのアイドルとＶＴｕｂｅｒのこと」

「いきなりなんだよ。今はお前の悩みの話してるところで――」

「いいから」

ピシャリと俺の言葉を遮る紗菜。なんか微妙に目が怖い……。

「……そりゃ、やっぱ驚きだったよ。どっちも超有名人だし、そんな二人にいきなりバズらされるとかやっぱ戸惑うだろ」

「……驚きと戸惑いだけ？　もしかして嫌だった？」

「あ、そういうのはないぞ？　ビックリしたけど、普通にうれしいよ。だって二人とも俺の推しだし、そんな推しに逆に推されるんだぞ？　うれしくないわけがない」

「……そう、だよね」

俺の答えに、紗菜は少し俯《うつむ》いて何か考えた後、またこう訊ねてきた。

「お兄ちゃんはその二人とリアルで会ったんだよね？　どうだった？」

「どうって、何が？」

「だから、なんていうか……、どういう人だったか。アイドルがクラスメートでＶＴｕｂｅｒが幼馴染《おさななじみ》だったっていうのは聞いたけど」

クラスメートと幼馴染という部分を口にする時だけ、なんかちょっと不機嫌そうな顔を見せる紗菜だったが、それはともかく、二人の人となりに興味があるのか？

「どうって答えるのは難しいけど……、リアルで会って思ったのは、やっぱり画面越しで見るのとは全然印象が違うってことかな。二人とも俺のことをすげー勢いで推してくれてるからいつもと立場が逆転してそう見えるってのもあるけど、ゆきなんて普段はクールな感じなのにすごいハイテンションになるし」

「……そんなに？」

「あ、言っとくけど盛ったりはしてないからな⁉　マジで！」

「……誰も疑ってなんてない。それにバズるキッカケになった動画を見たら、どっちも本気でお兄ちゃんを推してるってわかるし」

なんだ、紗菜も二人の動画見てたのか。興味なさそうだったのに意外だ。

「……二人に推されて、お兄ちゃんはがんばろーってなる？」

「そりゃもちろん」

俺は頷《うなず》く。正確にはがんばろうじゃなくて、がんばらないといけないって感じなんだけどな。推しに推された以上、その推し達の顔に泥を塗らないためにも、俺自身が推されるに足る配信者になっていかなくちゃいけない。

「…………そっか。やっぱり本気でやらないと……」

俺の答えに、紗菜は小声で呟《つぶや》きながら何か考え込んでいる様子だった。

……ところで、何の話なんだこれは？　紗菜のお悩み相談のはずが、いつの間にか話が全然違う方向に行ってる気がするんだが？

俺が首を傾《かし》げていると、やがて紗菜が顔を上げた。

「お兄ちゃん、お願いがあるんだけど」

「お、やっぱそうか。何でも言ってくれ。できることは協力するぞ。あ、でも俺の推し活がキモいからやめてほしいとか、そういうのは勘弁な！」

「……そんなこと言わない。お兄ちゃんが死んじゃう」

おお、兄のことがよくわかってるじゃないか妹よ。ゆきとマリエルさまの話をしてたから、ワンチャンそっち方向に行くのかと思って内心でヒヤヒヤしてたけど助かったぜ。

まあ、なんかちょっとジト目を向けられてるのは気にはなるけど。

「……お願いっていうのは、ある場所にちょっと一緒に来てほしいということ」

「ある場所？　これからか？　別にいいけど、どこに行くんだ？」

俺は当然の疑問を口にする。すると紗菜は、どこか強い意志を宿したような瞳を俺に向けながら、珍しくハッキリとした口調でこう返したのだった。

「サナが本気を出せるところ」

▽

「本気を出せるところってここか……」

そうして俺達がやって来たのは、本格的なコスプレ写真を撮るための撮影施設、いわゆるレンタルスタジオと呼ばれる場所だった。

今いるのは白を基調としたゴシックな雰囲気の部屋で、豪華なソファと花をあしらったアーチのようなものがある。いかにもスタジオって感じがして、こういう場所に初めて来た俺は物珍しさにしきりに辺りを見回すのだった。

「ここは一番オーソドックス。他にもいろんなコンセプトの部屋がある」

一方で紗菜は慣れた様子だ。予約やら受付でのやり取りなどもスムーズにこなしていたし、どうやら以前にもここに来たことがあるらしい。

紗菜は「着替えてくるから待ってて」と言って、持参したバッグを持って部屋から出て行こうとする。だが途中でふと振り返って、どこか改まった様子でこう言った。

「……本気のコスプレしたら、お兄ちゃんはサナのこと推してくれる?」

「……? よくわからないけど、俺は紗菜ががんばることはなんでも応援するぞ?」

質問の意図が掴めず少し首を傾げる俺。っていうか、推すってことならもうとっくに推してるんだけど。

俺のその答えに、紗菜は少しホッとした様子で「ん……」とだけ返すと、そのまま部屋を出て行った。俺はそれを見送ってから、またぐるりと室内を眺める。

「……紗菜ってマジでコスプレイヤーだったんだなぁ」

月並みかつ今更なセリフが口から漏れた。……いや、もちろん知ってたけど、こういう場所に連れてこられたから、改めてそう思ったんだってば。

コスプレが趣味だって聞かされた時は驚いたけど、初めてその姿を披露してもらった時はもっと驚いた。だって、めちゃくちゃ可愛かったもんな。

素人《しろうと》とは思えないようなクオリティだったから、もしかして有名なコスプレイヤーなのかと訊ねたんだけど、紗菜は静かに首を振って、昔はSNSとかもちょっとしてたけど今はやってないとだけ答えた。

その様子は何か訳ありに見えたけど、俺はそれ以上は訊かなかった。そうしてほしくなさそうだったし、過去に何かあったんだなってのはすぐにわかったからだ。その代わり、応援してるとだけ言っておいた。それは励ましとかじゃなくて本音で、実際あんなレベルの高いコスプレを妹に見せられたら応援もしたくなるってもんだよ。

ＳＮＳをやめたと聞いて俺としてはもったいないなとか、可愛い妹の姿を皆に自慢したかったって気持ちも少しはあったけど、それは口には出さなかった。もちろん、またそうするって決めた時は全力で力になるつもりだけどな。

ようするに、俺にとって紗菜《さな》は大事な義妹であると同時に、そのコスプレ姿を見て以来応援し続けてる『推し』コスプレイヤーでもあるというわけだ。

「本気のコスかー。どんなのだろ」

俺は紗菜のことを考えながら、戻ってくるのをワクワクして待つ。だって本気だぞ？　推しコスプレイヤーの本気コスだぞ？　楽しみに決まってるよな！

そうこうしているうちにドアが開く音がして、俺はバッと振り返る。

「お帰り。結構時間かかって――」

しかし、俺は直後に絶句して、固まってしまった。というのも――

「……え、誰？」

なぜならそこには、なんと見知らぬ魔法少女が立っていたからだ！

……いやいや、常識的に考えればそれが紗菜だってことはわかる。でも、俺の脳がその理解を拒んでるんだよ！　だって髪型も目の色も、それにそもそも顔が違うし‼

「……なに言ってるんだか。ほんとにわからないの？」

「い、いや、紗菜だよな？　紗菜、なんだけど……、それ、どうなってるんだ……？」

「……本気でコスした。久しぶり」

平然と言ってるけど、本気のレベルがすごすぎる。もはや別人だ。

「こ、コスってここまで変わるものなのか……？」

「髪はウィッグ、目はカラコン。メイクやテープなんかで顔も輪郭も変えられる。普段はここまでやらないけど……、お兄ちゃん、これ何のキャラかわかる？」

そう言われて、俺は呆《ほう》けた頭で改めて紗菜の姿を眺める。

ピンク色のふわふわした衣装に背中には蝶《ちょう》のような羽根。手に持っているのは葉っぱのついた枝のようなステッキで、全体的にまるで妖精のような特徴的な姿。これは……！

「『フェアリープリンセス』のリルじゃないか！」

フェアリープリンセスとは数年前に流行《はや》った魔法少女系アニメで、とっくに放送終了した今でも根強い人気を誇る作品だ。リルはその主人公の名前なわけだが、マジでそのまんますぎてヤバい。当時は俺も見てたが、本当にリルそのものだぞこれ！

「いやすごい、マジですごいわ。なんか俺、感動してる……」

俺は紗菜をジッと見つめながら感嘆する。これまで家で魅《み》せてもらってたコスプレもすごいと思ってたが、これは本当に異次元だ。本気を出してコスプレした紗菜がこんなにすごかったなんて……。なんか、なんでだろう？　すげーうれしい。

「……よかった。リルはサナがコスプレし始めたキッカケのキャラだから、それをお兄ちゃんに褒められて、うれしい……」

「そう、だったのか？　初めて聞いた」

思い入れのあるキャラだったからこそのこのクオリティってことか。それにしてもはにかんでる紗菜が超絶可愛《かわい》いのはどうすればいいんですかね？　なんか今すぐ叫びたい。これが俺の一推しの妹なんだぞって、思いっきり自慢したいくらい可愛い。

「……それじゃ、そろそろ撮影する」

「あ、そうだな。このクオリティを写真に残さないなんて犯罪だ」

是非とも写真を撮りまくって、この最強に可愛い紗菜の姿を後世に残してほしい。

「うん、じゃあ、はいお兄ちゃん」

だが、そんなことを考えていた俺に、紗菜はポンとカメラを手渡してきた。

……うん？　なんで俺に？

「お兄ちゃんが撮って」

「え？　お、俺が？　いつもは自撮りじゃないか」

家でコスプレをしている時は常に自分で撮っていたのに、なんでまた今回に限って？

「……いいから。今日はお兄ちゃんに撮ってほしい」

説明になってない。が、紗菜は半ば強引に俺をカメラマンに認定してしまった。

仕方なく、俺はカメラを構える。レンズ越しの紗菜もまたヤバいくらい可愛く、本当にそこにリルがいるかのように錯覚してしまう。このハイパークオリティをちゃんと写真に収めることができるかどうかわからないけど、くそっ、やるしかねーよな⁉

俺はポーズをとる紗菜を決意を込めて撮影し始める。

もとより写真は素人。だけど、ただひたすら紗菜の可愛さを残そうというその一心で、俺は写真を撮りまくった。誰に公開するわけでもないんだけど、俺の妹はこんなに可愛いコスプレイヤーなんだぞという、ただそれだけの勢いだった。

しばらく無我夢中で撮影をしていたが、やがて俺もだんだん慣れてきて、少し余裕も出てきた。なので、ふと何気なくこんな質問をしてみた。

「そういえば、今日はなんで急に本気のコスプレをしようと思ったんだ？　いや、俺は紗菜の本気が見られてうれしかったんだけどさ」

紗菜がやる気を出してくれたのはうれしかったが、そのキッカケがなんだったのかは知りたかった。それがわかれば、またこうやって紗菜のハイクオリティコスプレが見られるかもしれないし。

「……ん」

だが紗菜は、その問いに少し押し黙り、そして言った。

「……サナも本気でやらなきゃって思ったから、かな」

やっぱり説明になってない説明だったが、俺はさらにツッコむことはできなかった。

なぜならその時の紗菜の笑顔があまりにも尊すぎて、俺は絶対に逃すまいと写真を撮るのに必死だったからだ。

その後も俺達はレンタル時間いっぱいまで撮影を続けたわけだが、そこで俺は改めて、これからもこの最高に可愛い妹を全力で応援していこうと思ったのだった。

——と、そんなこんなでこの日は紗菜の本気モードを見られて大満足したわけだが、実はそれだけでは終わらなかったのだ。

事件は同日の夜、俺がいつものように配信していた時に起こった。

ふと見ると、なぜか視聴者数が数千人単位で一気に増えていて、コメ欄のスピードも加速していたんだ。もしかしてまたゆきとかマリエルさまが何かしたのかと思って見てみたんだが、コメントの内容を確認して俺は目を疑った。

『サナの呟《つぶや》きから来ました！』『サナのお兄ちゃんってマ⁉』『サナ支援で！』『ゆきにマリエルさまにサナって、主は何者？』『サナの兄貴って羨ましすぎ！』

そこにあったのは、大量のサナという名前だった。もちろんこれは間違いなく俺の妹の名前なわけだが、なんでそれがコメ欄に……⁉

何が起こったかわからず混乱していると、今度はスマホが鳴った。

見るとゆきと芹香《せりか》からメッセが届いていて、その内容に俺はさらに驚く。

『ケーくんの妹さんってこんなすごい有名人だったんだね！　写真もとっても可愛いし、会ってみたい！』

『義理の妹がこんな超絶美少女だなんて聞いてないんですけど⁉　しかも大人気コスプレイヤーとか！　どういうことよこれは！』

二人とも紗菜のことに言及しているようだったが、俺には何のことかわからなかった。

芹香のメッセにはさらにＵＲＬがあって、アクセスするとＳＮＳに繋《つな》がった。ユーザー名は『サナ』で、そこには見覚えのある魔法少女の写真とともに俺の配信ＵＲＬがあり『お兄ちゃんの実況配信チャンネル。みんなも応援よろしく』との書き込みが。

……いやこれ、俺が昼間に撮った写真じゃん！　ってか紗菜ってSNS休止してたはずなのでは⁉　しかもなんで俺の配信の宣伝を⁉

俺の頭の中に？マークがいくつも浮かんだが、やがてそのアカウントのフォロワー数に目が向くと、そんなものは頭から吹っ飛んでしまった。

「ふぉ、フォロワー数……、さ、さ、三十万……？」

一、十、百、千、万……、ま、間違いなく三十万人なんだが……⁉

……ど、どういうことだ⁉　そういえばゆきも芹香も、有名人だとか大人気だとか言ってた。こ、こんな数のフォロワーが一朝一夕で付くはずがないから、……も、もしかして昔SNSやってたってその時から……？　だ、だとしたらどんなレベルの……！

「ちょ、ちょっと待ってて！」

あまりの急な事態に理解が追いつかず、俺はマイクに向かってそう告げると、急いで自室を出て隣の紗菜の部屋へと向かった。足がもつれそうになるのを必死に動かしながらなんとかドアの前にたどり着き、ドンドンと勢いよく叩《たた》く。

「さ、紗菜！　こ、これ、どういうことだよ⁉」

「……うるさい。なに？　……ああ、それ」

中から出てきた紗菜は、俺のスマホ画面を見るなりそんな反応を見せる。

「ＳＮＳでの活動、復活することにした」

「いやいや、そういうことじゃなくてですね⁉　もちろんそれ自体は喜ばしいことなんだけどさ！　こ、このフォロワー数は……！」

「ああ、それ？　前からの数。休止中もちょっと増えてたけど」

「…………も、もしかして紗菜さん、あなた実はものすごいレベルのコスプレイヤーだったりしますか……？」

「……なんで敬語？　ググってみれば？」

否定されなかった時点でほぼ確定だったが、俺は言われた通りそのままスマホで調べてみる。すると出た。すぐに出た。カリスマコスプレイヤーだの国宝級の可愛さだの、まとめサイトから海外の反応まで。

「なんで言わなかったんだよ⁉」

「訊《き》かれなかったから」

「でしょうね⁉　ああもう！」

……ちょっと調べればすぐにわかるようなことを半年間も知らなかったなんて……！

悔しい、なんかもう何が悔しいのかよくわからないけどとにかく悔しい……！

俺は打ちひしがれつつも、実は紗菜がすごいコスプレイヤーだったということはなんとか受け入れた。まあ、言われてみれば納得だ。それくらい俺の妹は可愛いんだからな。

だがそんな俺を見て紗菜《さな》は、少し心配した様子でこう訊《たず》ねた。

「……もしかして、お兄ちゃんはサナの活動再開は嫌だった？」

「……んなわけない。お前がそうしたいって思ったんなら、俺はもちろん応援するさ」

「……ほっ、よかった」

「でもな、一つ訊きたい……。唐突にどうしてって話もあるんだけど、それよりもなんで俺の配信の宣伝までしてるんだ？」

そう、問題はそこだ。SNSの再開も、実はカリスマコスプレイヤーだったことも、驚いたけど納得はした。でも、これだけはマジで理解ができない。

「サナがお兄ちゃんを応援したらダメなの？」

「い、いや、別にダメじゃないけどさ……。でも応援するなら、俺と兄妹《きょうだい》だってことまで明かす必要はなかったのでは？」

俺がそんな当然の疑問を口にすると、紗菜は少し拗《す》ねたような顔で、なぜか頬を赤くしてそっぽを向いた。

「…………サナだって、お兄ちゃんのことバズらせられるもん」

そして何やらボソッと呟いたが、声が小さすぎてよく聞こえなかった。

「と、とにかく、またコスプレ活動していくことにしたから、これからはお兄ちゃんも協力してほしい。サナもお兄ちゃんの配信に協力するから」

「そ、そりゃもちろん協力はするけどさ。でもお前も俺の配信をってのは……」

「じゃあそういうことだから。で、今配信中でしょ。いつまでも視聴者を放っておくのはよくない。早く戻って」

紗菜はそう言って、まだ困惑中の俺を残してドアを閉めてしまった。

残された俺は釈然としないものを感じつつ、もう一度スマホを眺める。

紗菜のＳＮＳアカウントが復活したのは素直に喜ばしいことなんだけど、トレンドにまた俺の名前が出ていて、連日のバズりになんだか感覚がマヒしてきた。

「今度は妹にバズらされたのか……」

言葉にしてみても現実感はやっぱりなく、俺はなおしばらくの間、その場に立ち尽くすしかなかったのだった。

☆

コスプレを始めたのは、好きなキャラになりたいと思ったから。

その写真をＳＮＳで公開してバズって、人気コスプレイヤーとか言われたこともあるけど、それも長くは続かなかった。理由は……、あんまり思い出したくない。

お母さんの再婚でできた新しいお兄ちゃんは、サナのコスプレを褒めてくれた。本格的なコスプレ活動はやめたって言ったら、それ以上は訊かれなかった。それがお兄ちゃんの気遣いだってわかって心が温かくなった。いい人だって思った。

——好きなことはそれだけで尊い。自分も好きだからゲーム実況をしている。まあ、全然再生数は伸びないんだけど。

そう言って笑うお兄ちゃんがとても温かくて居心地がよくて、気がついたらいつの間にか好きになっていた。好きって、こういうことなんだってスッと心で納得できた。

でもその気持ちを表に出すことはできなかった。

素直じゃない性格だし引っ込み思案だし、なによりそれを口にして兄妹という関係がギクシャクするのが怖かった。幸せな居場所がなくなるのは耐えられなかった。

だからお兄ちゃんの配信を見ていても、コメントを残すこともしなかったし、そもそも見てるってことも伝えられなかった。このままずっと兄妹のままで一緒にいられたらいいなって、そのくらいのことしか考えてなかった。

でも状況は変わった。そんなこと言ってられなくなった。

お兄ちゃんが推していた大人気アイドルが、実はお兄ちゃん推しでバズらせた。

お兄ちゃんが推していた大人気ＶＴｕｂｅｒも同じ。

しかもその二人はクラスメートと幼馴染《おさななじみ》で、リアルでもお兄ちゃんと接点がある。

意味がわからない。何でこんなことになるんだろう。そりゃお兄ちゃんは優しいし温かいしカッコいいから知れば好きになるのはわかる。でも、やっぱりこんなのってない。

怖くなった。お兄ちゃんが取られちゃうんじゃないかって思うと、怖くて怖くてたまらなくなった。

だから、なんとか気を引こうとしていろいろアピールしたけど、失敗だった。家庭的な妹作戦は、自分でもやっててよくわからなくなってしまったし、いつもと違うコスをしてシーンの再現とかしたけど、それもダメダメだった。

でも、そのおかげでわかったこともある。それは、サナが対抗しようとしている相手はそんな程度じゃどうしようもないくらい強大なライバルだってこと。

お兄ちゃんの口から語られる二人からは、本気の気持ちが感じられた。

アイドルとしてＶＴｕｂｅｒとして、二人ともフルスペックでお兄ちゃんを推してる。

だったらサナもフルスペックでいかないと、とても敵《かな》わないって痛感した。

だからスタジオに行って、本気のコスプレをして、サナのフルスペックを出した。

そしてＳＮＳアカウントを復活させて、そこでお兄ちゃんを『推す』ことをハッキリと示した。これはサナにとっての決意表明。お兄ちゃんはサナのお兄ちゃんなんだって、全世界にわからせたかった。

「ふぅ……、ちゃんとバズらせられた」

スマホの画面を確認してホッとする。とりあえず計画は成功。

ただ、本当の戦いはこれからだってわかってる。相手はアイドルにVTuberという最強クラスのインフルエンサー。しかもお兄ちゃんの推し達。手強《てごわ》い。

「でも……、負けない」

呟きながらベッドにダイブする。するとそこに置いておいた、今朝お兄ちゃんから（強引に）もらったシャツが目に入ったので、手繰り寄せてギュッと抱きしめる。

鼻を近づけてスゥッと空気を吸うと、洗剤の香りとお兄ちゃんのにおいがする気がして頭の中がぽわぽわと幸せになる。

「……ふぁ」

気の抜けた声も漏れる。それくらい幸せ。大好きなにおい。

そのシャツをもっと強く抱きしめながら思う。お兄ちゃんはサナのもの。誰にも絶対に渡したくない。負けたくない。だって——

「……お兄ちゃんはサナの初めての『推し』なんだもん……！」

第四章　推しと一緒にゲームしてもいいですか？

「おお、ここが噂《うわさ》に聞くあのeスポーツカフェってやつか……！」

俺の口から自然と感嘆の呟《つぶや》きが漏れた。

ずらりと並んだゲーミングＰＣに、奥の方にはバーカウンターらしきものも見える。モニターが併設された観戦用の席なんてのもあり、向こうの壁には巨大ディスプレイまで設置されてるじゃないか。

「ふふん、すごいでしょ？　国内最大規模のゲーミング施設よ」

確かにその言葉通り、全国大会でも開けるくらいの規模の施設で、芹香《せりか》が自慢げな笑みを浮かべているのもその通りだなと頷《うなず》ける。

とある休日、俺は新しくできたというeスポーツカフェへと来ていた。そのキッカケになったのは、今隣でふんぞり返っている俺の幼馴染からのお誘いだ。

ある日の夜、芹香からメッセが来て、今度の休みにゲーミングカフェに行かないかと言われたときは唐突にどうしたんだと思ったけど、こうやって来てみると正解だった。

「ああ、すげー……。初めてこういうところに来たけど、想像してたより何倍もすごい。ゲーマーの血が騒ぐわこれは」

「あ、初めてだったの？」

「ふ、俺はソロプレイヤーだからな。こういう場所に連れだって来るような知り合いなんて一人もいなかったってわけだ」

「……ぼっちを無駄にカッコよく言ってんじゃないわよ」

さすが芹香、幼馴染だけあって俺のことがよくわかってる。そして容赦がない。

「でもまあ、それならよかったわ。キッカケを作った私に感謝しなさいよね」

「ああ、そこはマジで感謝だ。ありがとな芹香」

「………やたっ！　けーたろのためになれた……！」

なんか謎にガッツポーズをしている芹香だが、それはともかく俺は店内を見回すのに夢中だった。あのでかいディスプレイに神プレイとかが映し出されたら盛り上がるよなー。

「うわー、すっごく大きい……！　すごいねケーくん！」

そんなことを考えていると背後から声がして、振り向くとゆきが俺と同じように辺りを見回しながら笑顔で感想を述べていた。

ここに来るってことはメッセでやり取りをしていたため、それを見ていたゆきが自分も行っていいかと訊ねたところ、芹香が快諾したのだ。

……休日にゆきとお出かけとかどんどんラインが下がってきてる気がするが、あくまでクラスメートとしてってことで無理やり納得するしかない。

「あれ……、よく見ると他に人がいないような」

その時、ゆきがふとなにかに気がついた様子でキョロキョロし始めた。

……言われてみれば、興奮してて気がつかなかったけど俺達以外の人間がいない？

店内は静まり返っていて、客はおろか店員さえもいない。どういうことだ？

「ああ、それなら当然よ。今日は貸し切りにしたから」

「貸し切り？　そんなことできるの？　すごい！」

芹香の言葉にゆきは感心したように驚いているが、俺もまた違う意味で驚いた。

「これだけの施設を貸し切りにするとか、相変わらず感覚がバグってるなお前は……」

「な、なによ、別にいいでしょ」

「え？　相変わらずってどういうこと？」

俺の呆《あき》れた呟きに、ゆきが首を傾《かし》げる。どうしてあなたはそういちいち動作が可愛《かわい》いんですかね——とそれはさて置き、俺は言っていいものかと思いながら芹香の方に視線を送る。するとそれに気付いた芹香がコクリと頷いたので説明することにした。

「実は芹香ってすごいレベルのお嬢さまなんだよ。親が大会社の創業者一族で――」

俺が知らない人はいないであろう会社名を口にすると、

「え、あの大企業の⁉」

と、ゆきはビックリした様子だった。そりゃ当然の反応だよな。

「そうゆうこと。ここの施設もうちのグループのだから貸し切りにできたってわけ」

こういうところを隠したりせず胸を張って堂々と言うのがまた芹香らしい。まあ事実を事実として伝えてるだけで、嫌味とかそういうのは一切ないってのは長い付き合いでわかってることなんだけど、誤解されやすいってのはその通りなんだよな。

「うわー、すごいね芹香ちゃん！」

だが幸いゆきは普通に感心してる様子だった。素直だ。マジ天使。

「ふふーん、まあね。これくらいどうってことないけど」

「って、あんま調子に乗るなよ。こっちは一応心配してるってのに」

「べ、別に調子になんて乗ってないわよ。普段からこんなことしてるわけじゃないし、今日は特別よ特別！　推しのあんたを招待するためにわざわざ貸し切ったんだからね！」

ドヤ顔を見せる芹香。正直「そこまでしなくても」というのと「そこまでしてくれたのか」という思いがぶつかって、素直に喜んでいいものかどうか悩ましい。推しのためって気持ちは俺もわかるけど、やっぱスケールが違いすぎるんだよなぁ。

「ふふん、まあそれだけ私がけーたろを推してるってことよ」

そう言って芹香は、なぜかゆきに勝ち誇ったような視線を向ける。なんか謎に気持ちよくなってるところ悪いんだが、

「うん、でもまあ普通に貸し切りはやりすぎでは？」

「な、なによ、そんなことないでしょ。そもそもこの場にはトップレベルのインフルエンサーが勢ぞろいしてるんだから、そういう意味でも貸し切りは当然よ当然」

「あー、確かにそれはあるかも……」

リアルの姿が知られていないマリエルさまはともかく、トップアイドルのゆきが来る以上はそういった配慮は必要かもしれない。パニックになるもんな。

とはいえそれで貸し切りにできるってのは芹香くらいのもんだが。

「あるあるよ。アイドルにＶＴｕｂｅｒに……、それから今話題のゲーム実況者」

「……？　あ、それってもしかして俺のこと言ってる？」

「当たり前でしょ。もしこの場にお客さんがいて、あんたがあのケイだってバレたら大パニックになっちゃうわよ」

「どんだけ俺を過大評価してんだよ⁉　そんなことなるわけないだろ⁉」

「ううん、芹香さんのいう通りだよ。きっとケーくんにサインを求めて暴動が起きちゃうレベルだよ。さすが芹香さん、それを見越してたんだね！」

「ふふん、その通りよ。あなたもわかってるじゃない、雪奈《ゆきな》のぞみ！」

……いやいや、なんか謎に意気投合をしてるけど、バレて暴動が起きるレベルになるのはお前らだろ。自分達のことを差し置いてなんで俺を持ち上げてるんですかね。なんかこの二人の俺への評価があまりにも過大すぎて怖くなってきたんだが。

そうしてひとしきり盛り上がった後、芹香は「それから——」と続ける。

「インフルエンサーはそれだけじゃないでしょ。大人気コスプレイヤーもいるわけだし」

そう言って、俺の背後へと視線を向ける芹香。その言葉に反応したのか、背中から俺の服をギュッとつかむ感触が伝わってきた。

振り返ると、紗菜《さな》が俺の背後に身体《からだ》を隠すようにしながら様子をうかがっているのが見えた。実は今日、ここには紗菜も一緒に来ていたのだ。

芹香やゆきが会ってみたいから是非連れてきてほしいと言ってきたのでダメもとで来るかどうか訊《たず》ねたら、意外にもＯＫだったんだよな。基本インドア派でゲームとかにもあんまり興味がなかったはずなんだけど、まあ来てくれたのはよかった。

とはいえ、ずっと俺の後ろに隠れてるのはよろしくない。もともと紗菜は人見知りな性格だが、ここまで警戒してるのを見るの初めてだ。あれだろうか、芹香とかゆきのキャラが濃いから圧倒されてるのか？　気持ちはわかるぞ。

「ほら、いい加減前に出て挨拶しろって」

それはさておき、俺は紗菜の背中を軽く押してそう促す。すると最初は少し二の足を踏むような様子を見せたが、やがてスタスタと前に出て芹香を真っ直《ます》ぐに見据えた。

「……天宮《あまみや》紗菜。お兄ちゃんの妹、です」

「西園寺《さいおんじ》芹香。けーたろの幼馴染《おさななじみ》よ」

そしてそんな簡潔なやり取りをしたかと思うと、なぜかそのまま無言でジッと見つめ合う二人。しばらくの間沈黙が流れ、辺りにどこか緊張した空気が漂う。

……なんなんだこの雰囲気は？

だがやがて、二人は同時に口を開き、言った。

「「…………可愛い」」

そして綺麗《きれい》にハモったかと思ったら、なぜか今度は二人してキッとこっちの方に視線を向ける。俺はその勢いに、思わず少し後ずさった。

「ちょっとけーたろ、妹さんがこんなに可愛いとか聞いてないわよ！」

「……お兄ちゃん、幼馴染さんがこんな綺麗な人だなんて聞いてない」

「お、おい待て、なんで俺が責められてるんだ⁉」

「情報の隠匿」

「……報告の不備」

「わけわかんねーよ⁉」

「そもそもつい最近まで、義理の妹ができたってことを知らされてなかったのがまずあり得ないのよ。どういうつもり？」

「……幼馴染がいるなんて最初は聞いてなかった。しかも女の子の」

「何年も会ってなかったんだから仕方ないだろーが！」

「ふう、お互い苦労するわね。これからよろしくね」

「……こちらこそ」

なんかいつの間にか打ち解け合ってるし……。それはいいんだけど、途中の流れは一体どういうことだったんだよ。マジわけわからん。

そうやってゲンナリしていると「ふわぁ……」という惚《ほう》けた声が聞こえてきて、振り向くとゆきが紗菜に熱い視線を送っていた。

「ケーくんの妹さん、すごく可愛い……。コスプレ写真を見た時も可愛いって思ったけど、実際に会ってみたらもっと可愛くてすごいなぁ……」

「……ど、どうも」

しきりに褒めるゆきに、紗菜は戸惑ったように口ごもる。

可愛いと連呼されるのが照れくさいのか、顔を赤くしてもじもじしていた。

「私、雪奈のぞみです。ケーくんのクラスメートです。よろしくね紗菜ちゃん」

「……よ、よろしく、です」

ストレートにくるゆきの雰囲気に圧倒されているようで、紗菜は避難するように俺の方へと振り返った。

「……なんか想定してたのと違う。すごい美人なのは変わらないけど、テレビとか動画で見たのはもっとこう、クールでカッコいい感じだったのに……」

「ああ、言わんとしてることはわかるぞ妹よ。俺も最初は戸惑った」

「あ、ごめんなさい。ケーくんと一緒にいるとどうしてもはしゃいじゃって。自分でも気をつけてるんだけど……。でも、こんなケーくんの姿を見たらやっぱりテンション上がっちゃうよ。ああ、お兄ちゃんなケーくん初めて見た……！　ちょっとぶっきらぼうなところがレアでカッコいい……！　尊い……！」

唐突に限界化してしまったゆきに、俺も紗菜もかける言葉が見つからない。

「ケーくんがお兄ちゃんとかすごく頼りになるだろうな……。『悩みがあるなら言えよ。

兄ちゃんが何でも解決してやるから』みたいな感じなんだろうなぁ……！　ああ、てぇてぇがすぎるよ……！」

「『ないない』」

またしても勝手な想像を繰り広げるゆきに、俺だけじゃなく紗菜も一緒にツッコむ。

なんだろう、推しに推されてること自体はうれしいけど、過剰に美化されても困る。紗菜もトップアイドルのそんな姿に戸惑ってるみたいだし。

「……なんか、強い。一筋縄じゃいかない気配を感じる……」

「それはそれでどういう感想なんだ」

身をよじらせているゆきを、紗菜は警戒した表情で見つめる。謎。

「はいはい、自己紹介が終わったんならそろそろ始めるわよ」

とその時、芹香《せりか》がパンパンと手を鳴らしてそんなことを言い出した。

「……始めるってなに？」

紗菜が首を傾げるが、そういえば今日の趣旨というか、なんのためにeスポーツカフェに来たのかってのは言ってなかったっけか。

「実は芹香から、ゲームのテクを直接会って教えてほしいって言われててな」

「その通り。だからゲームができるこの場所を選んだってわけ」

「……でも考えてみれば、教えるだけなら俺とかお前の家でもよかったんじゃね？　わざわざこんな場所を貸し切らなくてもさ」

「う、うっさいわね。みんなに私の推し具合をアピ――じゃない！　あんたが興味あるかと思ってここをチョイスしたのよ！　ダメだった⁉」

「ダメじゃないです。興味津々《しんしん》です。うれしかったです」

　顔を赤くしてまくしたてる芹香に、俺はコクコクと頷《うなず》く。こういう時の芹香には素直に同意しておくに限る。それに、こういう機会でもないと来られない場所であることに違いはないので、そこは素直によかったと思ってるからな。

「わかればよろしい。じゃあ早速教えてよ、けーたろ」

　俺の答えに満足げな顔の芹香。ほんと、昔と変わってないやつ。

「……ゲームのテクって、どんな？」

「あら、妹さんはけーたろが私の配信でやった神プレイを見てないの？」

「……それは見た。お兄ちゃんがすごかったのはわかったけど、どうすごかったのかはよくわからなかった」

「あのプレイはほんとに神だったよね！　あ、でもケーくんが一瞬で敵を全滅させたってことはわかったけど、具体的に何をどうしたのかは私もわからなかったよ」

「ま、普通はそうよね。じゃあけーたろ、一度手本を見せてよ。私も生で見たいし」

「へいへい」

俺は席に座ってPCを起動し、ＬｏＦを立ち上げるとキャラを選択して訓練所に向かった。そこで777マグナムを手に取ると、訓練用のターゲットダミーの前に立った。

……なんか推し達に生で見られながらやるって、この前の本番の時よりも緊張するな。よっぽどこっちの方が失敗できないってプレッシャーが強い気がする。

俺は小さく深呼吸をして集中する。そして素早く指を動かすと、次の瞬間三発の銃声が立て続けに響き渡り、ターゲットダミーは三体とも頭部を破壊されて倒れた。

「……おお、お兄ちゃんすごい」

「すごいすごい！　ケーくんカッコいい！」

「やっぱり改めて見るとヤバいテクよね。これを本番で決めるのはさすがけーたろだわ」

三人とも口々に褒めそやしてくるが、そこまで言われると照れくさい。

……けど正直、今日ほど練習しててよかったと思ったことはないな！

「……今のがそのテク？　頭を全部打ち抜いたのがすごい？」

「そっちは練習すれば結構できることよ。すごいのは、777マグナムっていう武器を連射して、ヘッドショットを決めたってところなの」

「あ、そう言われればそう。７７７マグナムって、私もケーくんに憧れて使ってるけど、すごく扱いが難しいの。あんなに上手《うま》く使えないんだよね」

「そもそも、７７７マグナムって武器はすごくピーキーな性能をしてるのよ。当たれば威力は高いけど、装弾数は七発しかないし、反動は大きいし、なにより発射間隔がすごく長いの。次弾を撃つのに普通なら一秒近くかかるのよ」

「……？　でもお兄ちゃんはバンバンバンって撃ってた」

「そう、そこが問題のテクよ。正直私もどうやってるのかわからないから教えてもらおうと思ったんだけど……、どうなってるの？　けーたろ」

そこで俺の方に視線を向ける芹香。もちろんお答えしますとも。

「まあ簡単に言うと、その発射間隔を短縮できる技があるんだよ。あ、言っておくけど、もちろんこいつはバグ技の類じゃないからな？」

バグの意図的な利用は、俺は死んでもやらないと決めている。そんなことをするとゲームの寿命を縮めるし、ゲームそのものを冒瀆《ぼうとく》することにもなると思っているからだ。バグ利用はチートと同じレベルで、ゲーマーとして憎むべきものだ。

「最初に発見した時に公式にちゃんと質問して、仕様だって回答をもらったものだ。ちなみによく調べたら攻略Ｗｉｋｉにも書いてる技だぞ？」

「え？　そうだったの？」

「ああ、ちなみにそれ書いたのは俺だけどな」

仕様の共有は重要だからな。でもみんな騒いでたところを見ると案外知られていないらしい。……わざわざ書いたのに、ちょっと寂しいんですが。

「攻略Ｗｉｋｉまで？　さすがケーくんだね！」

「割と普通のことなんだけどね。で、その技の内容なんだけど、実は次弾までのＣＤ時間はパンチモーションでキャンセルできるって仕様を利用してるんだ」

「パンチモーションで？　どういうこと？」

ピンときてない様子の芹香に、俺はさらに詳しく説明する。

「武器の構え状態からパンチ攻撃ってすぐに出せるだろ？　実はあの時、武器の発射間隔ってリセットされてるんだよ。だからそのパンチモーションをさらにキャンセルしてまた武器を構えるとすぐに次の弾を撃てるってわけだな」

「え、そんな仕様があったの⁉」

驚くのも無理はない。だって普通にプレイしてたらそんな仕様なんて気付かないし、気付いたところでだからなんだって話でしかないしな。普通なら。

「で、でも、一発撃ってパンチしてまた撃つとか、そっちのが余計に時間がかかるじゃない。それにあんたのプレイはそんなことなってなかったわよ」

「だからそれぞれのモーションをキャンセルするんだよ。ちなみに猶予は全部1フレな」

「い、1フレ⁉」

「……1ふれってなに？」

「1フレームのこと。フレームってのは時間の単位で、60分の1秒で1フレーム。つまりけーたろのテクはすごい速さでやってるってことよ」

「つまり流れとしてはこうだ。マグナムを一発撃つ、1フレでパンチを出す、それをさらに1フレでキャンセルしマグナムを持ち直す。すると発射間隔がリセットされてるから次が撃てる。結果的に連射できるってわけ。これが使えるのはマグナムくらいだから、マグナムキャンセル技――通称『マグキャン』って呼んでる」

この仕様を見つけた時は「これでマグナム連射できるやん！」ってテンション上がったもんだ。ただ操作がフレーム単位なのでめちゃくちゃ難しい。かなり練習はしたが、毎回完璧には今でもさすがに無理。それにこの技が利用できるのって777マグナムくらいだから、ぶっちゃけ趣味技とか魅せ技の類だしな。そんなことするくらいなら普通にアサルトライフル使えばよくね？　って話だし。

……まあ、だからみんなこの技のこと知らないんだろうな。せっかくＷｉｋｉに書いたのに。みんなもマグナムもっと使おうぜ！　ネタ武器扱いはやめて。

「そんなすごいことしてたんだ……。うう～……！　やっぱりケーくんは最高だよ！　私、これからもずっとマグナム使っていくね！」

「あ、いや、初心者なら普通にサブマシンガンとかショットガンを使ってもろて……」

前言撤回。やっぱりマグナムはネタ武器です。難しくて心が折れてゲームやめるくらいなら、普通に強い武器使ってくださいお願いします。

「あのギリギリの場面でそんなテクを成功させたってーの？　三連射してるってことは1フレの操作をミスらず四連続でやって、しかも頭へのエイムはまた別だから……。本当にすごいわ。さすが私のけ――……お、幼馴染《おさななじみ》で推しなだけあるわね！」

「……ふうん、やっぱりお兄ちゃんってすごかったんだ。……ふふ」

みんな褒めてくれてるが、ぶっちゃけ普通にうれしい。だって今までは配信でこれ決めても特に反応なかったからな。まあ、もともと見てる人がほとんどいなかったからだが。

「よーし、原理はわかったから早速マスターするわよ！　けーたろ、指の使い方とか詳しく教えなさいよ」

「え、本当にやるのか？　こんなの練習しても実戦じゃまず役に立たない技だぞ？」

「同じことやってみたいんだからいいの！　ほら、見ててよね！」

まあマリエルさまが配信で、俺の編み出した技を披露してくれるとかファンとして胸熱なので、教えるのは全然やぶさかじゃないわけだが。

芹香は隣の席に座り、同じくＬｏＦを立ち上げて訓練場へ入る。

マグナムを手に取ってターゲットダミーに向かい発砲。だが俺とは違って一秒ごとに発砲音が鳴るか、ブンブンとパンチが空振る音が響くばかりだ。

「ん……、くっ、難しい……。どうやるのよこれ……」

「まずは発射直後にパンチでキャンセルするところを集中して練習するのがいいぞ」

「わかってるけど、……んんっ！　全然できる気配がないんだけど？」

「まあコツがいるからな。リズムよりタタンと指で弾く感じというか……」

俺はそう言いながら、背後から芹香の手を取って教えようとする。が、その瞬間、芹香の身体《からだ》がビクッと跳ねた。

「な、な、な、何してんの!?」

「どんな感じか実際に身体で知ってもらおうと――って、な、なに顔赤くしてんだよ!?」

「し、仕方ないでしょ!?　けーたろに――お、推しにこんな手取り足取りって感じで教えてもらったらこうなるわよ！」

いやいや、そんなこと言われたらこっちも照れるだろうが！　それに推しってマリエルさまを想像しちまうだろ⁉　……マリエルさまに手取り足取り教えるとか——や、ヤバいな。考えただけでヤバい。確かに照れるわ……！

「わ、悪かった。じゃあ普通に口頭で——」

「あっ！　べ、別にやめろとは言ってないから！　ちょっとビックリしただけだから！」

俺は離れようとするが、芹香《せりか》はそれを止めて続けろと言ってくる。

仕方なくそのままの姿勢を維持する俺達だったが……、うう、一度意識するとめちゃくちゃ恥ずかしいなこれ。幼馴染だからって気安すぎた。

「……あ！　今できた！　今できたわよね⁉」

しかしやがて、芹香がマグキャンを成功させた。一回だけで偶然感は否《いな》めないが、それでもできたことに変わりはないので、俺は頷く。

「やった！　やっとできたわ！　よーし、後はこの感覚をマスターして、ケイに教えてもらった技だって配信で発表してやるんだから……！」

やる気をみなぎらせ、今度は一人で練習し始める芹香。その後姿を見て、俺はふと懐《なつ》かしい気持ちになった。

「……しかし、上手くなったよな」

「え？　何がよ」

「ゲームだよゲーム。お前、昔はゲームとか全然だったのに、いつの間にって感じだよ。マリエルさまの配信見てても上手かったし」

「そ、それは……」

　俺の言葉に、芹香は頬を染めて俯《うつむ》く。

「……あ、あんたに追いつきたかったから……、それですごく練習を……」

「え、俺に？」

「あ、いや！　あ、あんたが昔ずっとゲームばっかりしてたなって思って、気がついたら興味が出たってだけだから！　まったく、変な影響を受けたもんだわ！」

　そうまくしたてる芹香だが、なぜか耳まで真っ赤だった。……昔はあれほど腐していたゲームにハマってしまったことが恥ずかしいのか？　いいんだぜ。遅ればせながらお前もゲームの魅力に気付いたってだけの話だ。うん。

「あの、ケーくん……？」

　そんなことを考えていると声が聞こえたので振り向くと、ゆきが照れた様子でチラチラこちらに視線を向けていた。可愛《かわい》すぎて思わず噴き出しかけた。

「できれば、その、……私もケーくんにＬｏＦを教えてほしいなって……」

「え？　俺に？」

「うん……。ケーくんに憧れてLoFを始めたけどあんまり上手にならなくて。芹香さんが教えてもらってるとこ見たらいいなって思って……、ダメかな？」

……あのさあ、推しにそんな頼まれ方して断るファンいる？　あなたはいい加減、自分が俺の推しであることを自覚していただきたい。もちろんOK以外ない。距離感の問題があるとはいえ、さすがにこんな場所に一緒に来ていてそれは今更だった。

「……お兄ちゃん」

とその時、服がクイクイと引っ張られ、紗菜《さな》も声をかけてきた。

「……サナもゲームする。お兄ちゃんに教えてほしい」

「お前が？　でもお前、ゲームとかあんまり興味なかったんじゃ」

俺はそんな疑問を返す。これまでサナは家でもゲームとかしてこなかったし、俺が誘っても手を付けなかったのに、どういう風の吹き回しだ？

「……なんとなくやりたくなっただけ。それにこういうところに来て、何もしないのは変だと思うし」

まあ、それはその通りかもな。……でも、そうか、なんかうれしいぞ。オタクってのは自分の好きなものに興味を持ってもらえるのが一番うれしいからな。オタ男子をオトしたい女子はそこんとこ意識すれば一発だ。そんな女子いるかどうかは知らんが。

「よし、じゃあ三人で同じ訓練所に入ろうか」

ゆきと紗菜は、俺の背後の席にそれぞれ並んで座った。ＬｏＦを立ち上げ、ゆきは自分のＩＤで、紗菜は新規ＩＤを作ってそれぞれログインする。

「じゃあとりあえず、一度動きを見せてもらってもいいかな」

ゆきの指導を始めるにあたって、どれくらいの実力かを探るため、訓練所の基本コースをまず走ってもらうことにした。

「……ああ、撃ち漏らしちゃった」

「うーん、基本的な動きはできてるんだけど、やっぱり武器が合ってない気が……」

その結果、動き自体はいいけど武器の取り回しで手こずっている印象を受けたので、俺は武器のチェンジを提案してみる。

「ええ⁉　でも私はこのセットでいきたいのに……」

「マグナムにスナイパーライフルだよね？　それって俺の……」

「うん、ケーくんセットで！」

それは俺がよくやる組み合わせなわけだが、両方単発かつ扱いが難しい武器だ。ちなみにケーくんセットは俺がそう名乗ったわけではない。

「その二つは正直汎用性皆無だから、最初はやめといた方がいいんだけど」

「うう、でも私、ケーくんと一緒が……」

「その気持ちはありがたいんだけど、俺としてはもっと使いやすい武器を使って、どんどん勝てるようになっていってもらいたいかな。やっぱり勝てないとゲームは楽しくなくなってくるし、そんなことでゆきがLoFを嫌いになったら俺も嫌だから」

「え、それって、私の心配をしてくれて……？」

俺がもちろんと頷《うなず》くと、ゆきはふにゃっと破顔して、

「はい！　はい！　このセットやめます！　ケーくんのおすすめ武器を使います！」

「早いな⁉　い、いや、そうしてくれるとありがたいんですけどね⁉」

「だってケーくんが私のためを想《おも》って言ってくれたから！　はぁ……、ケーくんに私に合うものを選んでもらえるなんて、こんな幸せな女の子なんてそうそういないと思う！」

「まあ選ぶのは銃火器なんですけど……」

はぅはぅと笑い（？）ながら、やっぱり限界化してしまうゆきさん。

その姿はやっぱり胸にくるほど可愛かったわけだが、そっちが限界化してくれているぶんこっちは冷静さを保てます。いろんな意味でありがとうございます。

「あのあの、この尊さのお礼はどうやって返せばいいのかな？　課金するくらいしか思いつかないんだけど、お、おいくらですか⁉」

「いや結構ですけど!?　というかその課金癖はなんなんだ……！」

「だって、ケーくんにマンツーマン指導してもらえるとか、そんなのタダであっていいわけないよ！　……あ、言葉にしたらますます尊い……！」

そんなことといったら、あのゆきにマンツーマンで指導できるって方がよっぽど尊いんですが!?　そんなのいくら課金しても絶対不可能だろ！

……でも、そんな普通なら不可能なことをいまやってるわけで——ってダメだ。距離感を意識するんだ距離感を……！

「……お兄ちゃん、ちゅーとりある？　終わった」

その時、チュートリアルをやってもらっていた紗菜が声をかけてきたので、そっちをかまうことでなんとかクールダウンを試みる。ナイスタイミングだ紗菜。

「よ、よし、一通りの動き方はそれでわかったはずだけど、……そうだな、じゃあ適当な武器であのダミーを撃ってみてくれ」

「……ん」

俺がそう言うと、紗菜は狙いをつけて撃ち始める。意外なことに命中率はなかなかよくて、発射による銃身のブレ（リコイルという）も自然に修正できている。

……もしかして紗菜のやつ、意外と才能あるのでは？

「上手《うま》いぞ。じゃあ今度はあっちの動いてるダミーもやってみてくれ」

だが今度は一転してほとんど弾が当たらず、俺は首を傾《かし》げる。

その後もいろいろ見てみたのだが、走りながら弾を当てたりスライディングで移動したりといった、何かの動作+αのような動きがどうやら苦手らしいというのがわかった。

「……難しい」

紗菜はむうっと唇を尖《とが》らせるが、たとえぼっ立ちの時オンリーだとはいえ、初めてやってあそこまでちゃんと的に当てられるのはすごい。後は慣れの問題だから練習すればすぐにできると言うと、紗菜は「……うん」とどこかうれしそうだった。

「そうだよ紗菜ちゃん、ちゃんとリコイル制御できてるのはすごいことだから。私なんて結構やってるのに、まだ弾がバラついちゃうの」

横で聞いていたゆきも紗菜を励ます。なるほど、それも悩みなのか。

「リコイルは武器ごとに覚えればすぐできるよ。たとえばこの武器ならこうして」

ゆきのマウスを手に取って、俺がリコイル制御の見本を見せる。バッチリ的の中央に集弾されているのを見て、ゆきは歓声を上げた。

「すごい！　私もやってみるから教えてもらってもいい？　手を重ねてもらって」

「……え？　て、手を重ねるとは？」

「さっき芹香さんにやってたみたいに、け、ケーくんの手を私のに重ねて……」

い、いやいやいや!?　さ、さすがにそれはダメだろ!?　ゆ、ゆきの手に俺のを重ねてとか、そんなの……！　そんなのそんなのだろ!?

「……せ、芹香さんには普通にやってたから……、ダメかな？」

だ、か、ら！　そういう捨てられた子犬のような目でこっちを見ないでくださいよ！

ただでさえ推しなのに、そんなの逆らえるわけないじゃないっすか！

俺は頭の中で距離感距離感クラスメートクラスメートと、もはや元の意味が行方不明になった単語を繰り返しながらマウスを持つゆきの手に自分のを重ねる。

……ぐっ、ヤバい。信じられないくらい柔らかいし温かい……！

こ、これがゆきの手――って、だからそういうことを考えるんじゃない！　くそっ、俺もゲーマーだ、この程度の雑念でリコイル制御ができなくなってたまるか!!

俺は動揺を無理やり抑え込んで引き金を引き、なんとかブレさせずに全弾を的の中心に叩《たた》き込んだ。間違いなくこれまでの人生で一番集中した射撃だった。

「ふぁ……！　け、ケーくんの手が私の……！　こ、この感触は一生忘れないから！　それから、このお礼も絶対忘れないから！　課金します！」

「いや忘れてほしくないのはリコイル制御の感触だからね!?　あと課金はいらん！」

真っ赤な顔で夢見心地のゆきに、さすがに全力でツッコんでしまう。そうでもしないとこっちが限界化してしまいそうだったという切実な事情もあった。

「……む、お兄ちゃん、サナにも――」

「あああああああ‼　な、ななな何やってんのよあんた！」

とその時、何か言おうとしていた紗菜の声をかき消す勢いで、後ろから芹香《せりか》が割り込んできた。お前はマグキャンの練習してたんじゃなかったのかよ。

「何って、リコイル制御の感触を確かめてもらってただけだぞ」

「むぐぐ、その手があったか……！　そ、そういうことなら私にも教えなさいよね！」

「は？　お前は別に教えなくてももう十分できてるだろ？　マリエルさまの配信は欠かさず見てるんだから、お前の実力は知ってるぞ？　ランクも普通にプラチナ帯だし」

「あ、ちゃ、ちゃんと見てくれてるんだ――って、そうじゃなくて！　……く、まさか必死に腕を磨いたことで逆にこんなことになるなんて、意味がわからないわ……！」

「俺はお前が何言ってるかがわからねーよ⁉」

「と、とにかく私の練習も見てよね！　プラチナからダイアに上がれるアドバイスとか、いろいろまだ教えられることがあるでしょ！」

「あ、ケーくんケーくん、私ももっと教えてほしい。せめてシルバーに上がれるくらいには強くならないと、ケーくんに申し訳ないから」

「……初心者の妹を放っておくなんてお兄ちゃんのバカスケベ女たらし」

　そして三人が一気に練習に付き合えと言ってきて、場は騒然となる。……というか紗菜さん？　あなたのそれってまったく関係ない罵倒ですよね？　特に最後の。

「ま、待った待った！　と、とりあえずあれだ。練習ばっかりしててもつまらないだろうからさ、一度みんなでゲームをしようぜ？　実戦を経験する方が何倍も練習になるし」

　たまりかねて、俺はそう提案する。ちなみに苦し紛れってわけじゃなくて、実戦での経験が大事ってのはその通りだ。その経験があってこそ、練習が生きる。

「そうは言うけど、いきなり実戦って無茶じゃない？　経験者の雪奈《ゆきな》のぞみはともかく、妹さんは未経験でしょ？　そもそも私達は四人だし、ランクは行けないわよ」

　ＬｏＦのランク戦は三人一部隊と決められている。なので確かに芹香の言う通り四人でランク戦はできないが、そんなことはわかってるっての。さすがに未経験の紗菜を連れていきなりランク戦なんかしねーよ。

「だから、ＣＰＵ相手のキャンペーンモードをやるんだよ。あれなら人数は何人でもフレキシブルにできるからな」

　ＬｏＦが神ゲーたる所以《ゆえん》はその完成度もさることながら、いろんな遊び方ができる点にもある。三人一組のランク戦だけでなく、ルール設定自由のカスタム戦や、CPU相手に戦えるキャンペーンモードも充実しており、しかもそれぞれおざなりな出来じゃないってのがすごい。これだけでも十分楽しめるんだから、やはり神ゲーですわ。

「ああキャンペーンか。あれってやったことないのよね」

「あ、でもLoFのキャンペーンはなんか面白いって聞くよね？」

「そう、中にはキャンペーンモード専のプレイヤーもいるくらいクオリティが高いんだ。そっちのプレイ動画も人気だしな」

俺はもっぱらランクが主戦場だが、キャンペーンも何度かやったことがある。あれはマジでよくできてるから、対人が苦手でも楽しめるぞ。みんなもやろう（宣伝）。

さて、そんなこんなで俺達は四人でキャンペーンモードをプレイすることになった。

FPSがあんまり得意じゃないゆきと完全初心者の紗菜《さな》を、俺と芹香でサポートしながら進めていく。神ゲーであるLoFは難易度調整も絶妙で最初こそみんなで楽しめていたのだが、次第に敵の攻撃も激しくなっていき、なんとかラスボスにたどり着いたものの、

「あ、ご、ごめんなさい！」

「……やられた。むぅ……」

ついにサポートしきれず、ゆきと紗菜はダウンしてしまう。

「ああ⁉　う、後ろからなんて卑怯《ひきょう》……！」

続いて芹香まで倒れてしまい、俺一人だけが残されることに。

本来四人で倒すべきラスボスにこっちは残り一人という、どこからどう見ても完全完璧に絶望的な状況。しかし俺に諦めるなんて選択肢はなかった。仲間達《推し》の仇《かたき》と、そしてゲーマーとしての意地のため、絶対に負けるわけにはいかない。

画面全体を埋め尽くすようなラスボスの攻撃。俺は機械のような正確さでその隙間を縫いながら攻撃していく。回避も命中も１００％をこなさないと、もはや勝利の道はない。

「……す、すご。こんな動きができるの……？」

「ふわぁ……！　ケーくんケーくんケーくん……！」

「……お兄ちゃん、カッコいい……！」

いつの間にかみんな自分の席を立ち、俺の周りに集まってきていた。俺の画面を食い入るように見つめながら、固唾をのんで戦いの行く末を見守っている。

俺はいよいよ集中し、まるで自分がゲーム内のキャラになったかのように戦いに没入していた。そして時の流れさえ遅く感じ始めた頃、ついに終わりの時は来た。

すさまじい咆哮《ほうこう》と爆音を発しながら、ラスボスが崩れ落ちていく。同時に作戦完了の文字が画面に出てきて、スコアとタイムが表示された。

「おわっ……たあああぁ…………！」

なんとか仲間の仇は討てたという想《おも》いで、俺は思わず立ち上がって大きく息を吐く。

そしてみんなの方を振り返ろうと思ったが、その瞬間、腕に何か柔らかい感触がした。

「すごい！　本当にすごいよケーくん！　私、もう感動しちゃって……！」

「え、ちょっ!?　ゆきさん!?」

見ると、ゆきが瞳を潤ませながら俺の腕に抱きついていたので、俺は大いに焦《あせ》る。

こ、この二つの柔らかい感触はまさか!?　と動揺している暇もなく、今度は逆側の腕にも抱き着かれる感触がして、振り向くと芹香が真っ赤な顔でこちらを見つめていた。

「お、お前までなんで……」

「し、仕方ないでしょ！　雪奈のぞみだけとかズルいし……！　そ、それに、推しがあんな大活躍したんだから、感極まったって当然じゃないのよ！」

なぜかキレ気味にそう言って、グイッと腕を引っ張るように抱きしめる芹香。そしてそれと同時に、今度は背後から何かがおぶさってくる感触が!?

「……お兄ちゃん、すごかった……！　カッコよかった……！」

今度は紗菜らしく、耳元で声が聞こえる。珍しく興奮したような様子で、本当に俺の勝利を喜んでくれているのがわかった。

――が、それはいいとして、左右から腕を引っ張られ、後ろからも抱きつかれて、しかも立ち上がる途中の半端《はんぱ》な姿勢だったこともあり、そろそろバランス的に限界が……！

「ちょ、あぶな……！　うわっ⁉」

そして俺は耐え切れず床に倒れ込む。俺以外にダメージがいかないよう身体《からだ》をよじった結果、俺一人だけうつぶせで思いっきり倒れ込むような姿勢になり、

「ぐぇっ！」

その上にみんなが倒れ込んで、推しつぶされるような――もとい圧《お》しつぶされるような形になってしまった。……こんな体勢でも女の子って柔らかいのかと邪念を抱いてしまうあたり、これは俺への天罰なのかもしれない。

「だ、大丈夫ケーくん⁉」

幸いみんなすぐに退いてくれたので助かった。

俺はなんとか立ち上がると、心底申し訳なさそうな顔のゆきがそこにいた。

「本当にごめんなさい……！　私、興奮してて……！　もしケーくんが怪我《けが》とかしてたらどうしよう⁉　ち、治療代、全部持ちます……！」

「いや大丈夫だから！　この通りピンピンしてるからね⁉」

「ま、まああれくらい大したことなかったわよね。女の子の重さなんて天使の羽並みに軽

いわけだし、平気平気！」

「お前はちょっとは悪びれろよ!?」

あと普通に重かったわ！　美少女だからってなんでも美化できると思うなよ！

「……ぐぇって、ちょっと面白かった」

「兄ちゃんは今、妹がもしかしたらサイコパスなんじゃないかと心配してるぞ……」

「……冗談。ごめんなさい。でもあれは不可抗力。スケベ罪の罰」

理不尽な罪をかぶせられたのはさておき、まあ誰も怪我とかないようでよかったよ。

驚きはしたけど、みんなが勝利を喜んでの結果で悪意とかないってわかってるから、怒ったりはしない。むしろうれしいくらいだ。最後は俺一人になったが、みんなでがんばった結果得られた勝利だからな。これだから協力プレイはやめられない。いつだってその時その時のドラマが生まれるのが最高に面白いんだよな。

「あ、そうだ、こんなことしてる場合じゃなかったわ」

と、そんな余韻に浸っていると、不意に芹香が何かを思い出したような顔で言った。

「けーたろ、今すぐＹｏｕＴｕｂｅにログインしてアップの準備をしなさい」

「アップって、何をだよ？」

「決まってるでしょ、今のゲームの動画よ。特に最後のボスをソロ討伐するとこ」

「んなこと急に言っても録画なんて――」

「心配ないわ。それなら私がちゃんとしておいたから！」

いや、いつの間にだよ⁉　全然気付かんかったんだが⁉

「あ、それなら私もしてたよ」

「……サナも」

「ええ⁉　なんで俺だけ仲間外れみたいになってるんだ⁉」

「推しの試合なんて常に記録してるに決まってるじゃない。というわけで、最後のとこだけ切り抜いた動画ファイルがあるから、これを今すぐアップしなさい！　それからSNSでも発信するのよ！　私が即座にリプするから！」

……な、なんか俺のことなのに俺だけ蚊帳《かや》の外で進行してる感がすごい。

けど、ゆきも紗菜も早く早くと促すので、俺は仕方なく言われた通りにする。ちなみにタイトルは『【神プレイ】キャンペーンモードのボスをソロ討伐してみた』と全員で決めたわけだが、最初の【神プレイ】を付けるかどうかでひと悶着《もんちゃく》があった。結局俺以外の三人の意見で付けることになったわけだが、自分のプレイに神って付けるとか自己評価が高すぎるだろ。……いやプレイ内容自体は誇れるもんだけどさ。

「……うん、アップしたぞ。それからSNSも――って、リプ早っ⁉」

俺がＳＮＳに動画をアッププした報告をすると、即座にゆきとマリエルさまと紗菜のアカウントからのリプが付いた。全員スマホを構えて準備していたらしい。早すぎ。

「あっ、早速みんなからの反応が来てる！」

「……すごい勢い。動画の再生もドンドン伸びてる」

「まあケイの神プレイ動画なんだから、当然といえば当然よね」

みんながＳＮＳやＹｏｕＴｕｂｅの動向を見てまるで自分のことのようにうれしそうにしているのがなんだか不思議な気分で、俺がそのことを指摘すると「推しだから当然」という答えが三人から返ってきた。

「推しの評価が上がるのがうれしいのは当たり前じゃない。それに、目の前であんな活躍を見せられたんだから、興奮するのも無理ないでしょ」

なぜか自慢げに言う芹香《せりか》だが、まあその気持ちはわかる。

「……あの、ケーくんも推しのがんばってるところとか、見たいと思う？」

とその時、ゆきがどこか恐る恐るといった感じでそんなことを訊《たず》ねてきた。

俺は「もちろん」と答えつつも、なんでそんなことを訊《き》くのかと首を傾《かし》げる。

「あ、ほら、ケーくんは私達のことも推してくれてるよね？　それはすごくうれしくて恐れ多いことなんだけど、私もケーくんにがんばってるところを見せられればなって」

「そういうことならいつも見てるけど？　テレビとか動画とかで、いつも」

「あ、そうじゃなくて、さっきみたいに直接間近で見せられたらなって思ったの。画面越しで見るケーくんもカッコいいけど、直接プレイしてたケーくんがすごくカッコよかったから、私もそういう姿を見てもらえればって……」

あんまりカッコいいを連呼されるとマジで照れるから遠慮してほしいんですが……、でもなるほど、そういうことか。言わんとしていることはわかった。

確かに推しの活躍を直接見てみたいってのはある。ゆきの場合はライブに行くとかすればできるっちゃできるけど、間近でってのは――……まあ無理だよな。

「あ、そうだ！」

とその時、ゆきが突然何かを思いついたようにパッと顔を上げると、俺の腕を摑《つか》んで歩き始めた。どうしたのかと訊ねても「早く早く」と急《せ》かすばかりで、仕方なく俺はゆきについて行き、芹香と紗菜も後に続いた。

「……ここって、ゲーセン？」

で、やって来たのは同じビルの別フロア、いわゆるアミューズメント施設のゲームコーナーだった。かなりの広さで、多くのゲーム筐体《きょうたい》が並んでいる。

「ゲームならさっきのカフェでやればいいじゃない。せっかく貸し切りにしたのに」

芹香の指摘はその通りだったが、ゆきは「ここでしかできないから」と言いながらキョロキョロと辺りを見回す。やがて目当てのものが見つかったらしく、向かって行った先にあったのは、ダンスゲームの大型筐体だった。

「これ！　これ、今からプレイするから、ケーくんに見ててほしいの」

「それはいいけど……、なんでまた？」

「急にごめんなさい。推してくれてるケーくんに私もいいところを見せたくて……。これならやったことあるし、ダンスは得意だから」

そう言って筐体に上がるゆきを、俺達は周りに立って見物することに。

いきなりで驚いたけど、ゆきのダンス（ゲームだが）を生で見られると、俺は内心かなりワクワクしていた。だが、曲のセットを終えてゲームが始まると、空気が変わった。

バッと勢いよく手を上げてポーズをとるゆき。

もちろんゲームの結果は足元のパネル入力だけで決まるのでそんな動きは必要ないのだが、その瞬間そこはゲーセンからライブステージへと変貌した。

さっきまで推しの前で見せていたはしゃいだ姿はどこかへと消え去り、そこにいたのはクールでアーティスティックな、トップアイドルとしての『ゆき』だった。

曲に合わせて生き生きとステップを踏むゆき。俺はその圧倒的なパフォーマンスにあっという間に呑《の》み込まれ、言葉も失ってただただ呆然《ぼうぜん》と眺めているしかなかった。

ただならぬ気配がフロア全体に伝わったのか、間もなく多くのギャラリーが寄って来て筐体の周りに人だかりができる。

「すげー……！」「なにあれカッコいい……！」「え、プロとか？」「ママ、あのお姉ちゃんすごい！」「きれい……」「マジ神なんだけど！」

誰もが絶賛する中、ゆきは完璧なステップを踏み続けて曲を完走する。

オールパーフェクトかつハイスコア達成で、歓声とどよめきが店内に響いた。

「……どうだったかな。少しはいいところ、見せられた？」

ゲームを終えたゆきは、息を切らすこともなくそんなことを訊ねてきた。

俺はというと感動してコクコクと無言で頷《うなず》くことしかできなかったが、それを見たゆきが「えへへ、よかった……」とうれしそうにはにかんだので、感動と可愛《かわい》さが相まってマジで限界化してその場で転げまわりそうになった。

「マジすごかったね」「ってかあの子、なんかゆきに似てね？」「ゆきってアイドルの？」

「……やばっ、とりあず場所を変えよう……！」

だが寸前でそんな話をしているギャラリーに気付き、帽子と眼鏡で変装してるとはいえ

注目が集まるのはまずいと、人気のない場所に移動することに。

「いや、マジですごかった……！　ゲームとは思えないくらいのダンスだった……！」

そこで一息ついてから、俺は改めて感動を口にする。ゆきがトップアイドルだって事実を、まさに目の前でたたきつけられたような衝撃だった。

「えへへ、ありがとう……。ケーくんに推してもらってるのに恥じないようがんばったから、そう言ってもらえてよかったよ」

満足そうな笑顔を見せるゆき。ナチュラルにあんなギャラリーまで集めて天性のアイドル力を見せつけておきながら、どこまで謙虚なんだ。こんな人に推してもらってるという事実に、俺は改めてすごいことだと感じる。

「けーたろ、ちょっと付き合いなさい！」

その時、ずっと黙ったままだった芹香が、どこか不満そうな顔で前に出てきた。

「なんだよ。俺は今余韻に浸って――」

「いいからこっち来る！」

と、今度は芹香に引っ張られる形で歩き出す俺。

なんなんだ……と思っていると、向かった先は音ゲーのコーナーで、芹香は筐体の前に立つと「そこで見ておきなさい」と言い出したじゃないか。

いじゃないのよ！」

「あ、あんたは私も推してるんでしょ。だったら私もいいところを見せつけないといけな

「いや、別にいけないわけじゃ……」

「雪奈《ゆきな》のぞみだけに抜け駆けさせるなんて、許せるわけないじゃない……！」

どうやらゆきに対抗して自分もいいところを見せつけようとしているらしいが、そんなことしなくても俺のマリエルさま推しは変わらないのに。それに音ゲーって——……いや待てよ？　音ゲーといえば……。

「見てなさい……！」

芹香はやる気をみなぎらせながらゲームを始める。音楽に合わせて画面に表示されるアイコンをリズムよくタッチしていくゲームだが、その量とスピードがすさまじい。傍目《はため》で見ていてもその難易度の高さがわかった。

だが、芹香はそれをものともせず華麗な手さばきでこなしていく。一つのミスもないパーフェクトの連発。俺はそれを驚きをもって眺めながら、あることを思い出していた。

……そうだ、音ゲーといえばマリエルさまは以前、リズムゲーの全曲パーフェクト耐久配信をやって、耐久のはずがあっという間にクリアしてしまいバズったことがあった。

声の可愛さ、トークの上手《うま》さ、実況の楽しさに加え、抜群のリズム感まで兼ね備えた大

人気VTuber堕天院《だてんいん》マリエル。そのリアルの姿を目の前で見せつけられて、俺はただただ見とれているしかなかった。

「すげぇ……」

「まだまだ……！　この私の、堕天院マリエルの実力はこんなものではありませんわ！」

って、なんかマリエルさまのキャラが出てきてるんだが⁉　けど当の芹香はそのことに気がついた様子もなく、マリエルさま口調のままゲームに集中している。

「これでフィニッシュですわ！」

やがてプレイを終えた芹香は余裕たっぷりにこちらを振り向く。

背中越しに見えるゲーム画面ではオールパーフェクトの文字が大きく浮かんでいた。

「ふふん、リズム感には自信がありますの。ゲームの勉強はいろいろしましたが、こういうのが一番得意ですわ。どうでしたけーたろ？　これが堕天院マリエルの実力ですわ」

「あ、ああ、すごかった。圧巻だった、けど……」

パーフェクトで完走した興奮が冷めてないからか芹香の口調はまだ戻らず、俺は目の前でマリエルさまのプレイを見られたうれしさを感じつつもリアクションに困る。

……もしかしてゲームプレイ時はマリエルさまモードになるのか？　昔はそういうの興味なかったはずだからあり得る……、などと考えていると、芹香は満足気に笑ってスマホを取り出し、ゲーム画面を撮影し始めた。

何をしてるんだと思っていると、俺のスマホにマリエルさまがSNSを更新したという通知がきた。見ると今撮ったと思《おぼ》しき写真がアップされていて、すさまじい勢いでリプが付いている。さ、さすがマリエルさま……。

「あ、これじゃね？　マリエルさまのやってたやつ」「マジ？　やってみよーぜ」「そういやさっきマリエルさまの声っぽいの聞こえなかったか？」「気のせいじゃね？」

と、背後からそんな声が聞こえてきて、俺はギクッと背筋を伸ばす。

……き、聞かれてた⁉　ってかリアルでの反響速すぎだろ！　と思いながら、俺は慌てて皆を連れて再び人気のない場所へと向かった。

「ふふーん、インフルエンサーは辛《つら》いわねー」

ようやく口調が元に戻った芹香。

いや、自覚があるなら注意しろよと思うが、芹香はどこまでも上機嫌だ。

「…………むぅ」

と、今度はずっと無言だった紗菜《さな》が、急に俺の服を引っ張ってきた。

どうしたんだと訊ねると、不機嫌そうにこっちを見上げながら、

「……サナもお兄ちゃんに推されてる。すごいところ見せたい」

ゆきと芹香《せりか》の方にチラチラ視線を送りながらそんなことを言ってくる。

「いやだから、そんなことしなくてもお前がすごいコスプレイヤーだってことは知ってるし、推す気持ちも変わりないって——」

「……サナも見せたい。ズルい」

やっぱり二人を眺めながら言う紗菜。だから対抗心なんて燃やさなくてもいいのに、と思っていると、紗菜は俺の手を引いて歩きだした。

「ど、どこ行くんだよ」

「サナも踊る。やってみる」

そう言って向かった先は、さっきゆきがプレイしたダンスゲームの筐体。

……いや踊るって、紗菜がダンスしてるところなんて見たことないけど、もしかして得意だったりするのか……？

俺が半信半疑で眺めていると、紗菜は珍しく意気込んだ様子で筐体へと上がる。そしてプレイを始め踊りだすと、俺は目を見張った。

「……む、……むぅっ」

……う、動きが覚束《おぼつか》ないことこの上ない……！

画面と足元を交互に見ながら、必死にステップを踏もうとする紗菜。だがそんな感じで間に合うはずもなく、もちろん全然うまくいかない。それでも必死に続けようとしている紗菜の姿は、なんだか一生懸命な子供みたいで――

……な、なんだろう。紗菜は普段から可愛いけど、今はなんというか別の意味で可愛すぎるんだが⁉　そう、庇護《ひご》欲をかきたてられるというか……！

「やべー……！」「なにあれ可愛い……！」「え、可愛すぎん？」「ママ、あの子すごくがんばってるよー」「美少女すぎなんだけど！」

いつの間にか再びギャラリーが集まってきて、ゆきとは違うベクトルで沸いている。

なんか無性に、あれは俺の妹だぞと自慢したくなってくるのはどうしてだろう。

「うう、うー……」

やがてゲームを終え戻ってきた紗菜だが、その顔は明らかに不満そう。

一方で俺はというと、不思議な充実感に包まれていた。……いや、満足した。

「……いいところ、見せられなかった。むうー……！」

「いや、普通によかった。ますます推そうと思ったよ」

「……なんかうれしくない。納得いかない。っていうかコスプレないと不利。むう！」

「そんなことないよ！　紗菜ちゃん、可愛かった！」

「あれはズルいわ……。動画撮っておいたけど、これアップしてみたら？」

芹香にそう言われ、紗菜は不満そうな顔ながらも自分のSNSに今のダンス動画をアップしてみる。すると瞬《また》く間《ま》に反響が返ってきて、そのどれもが可愛いと絶賛の嵐。

……うんうん、兄としてすごい納得。本人はやっぱり不満気だが。

「やったね。みんなケーくんにいいところ見せられてよかったね」

やがてゆきが皆の方を見回し、ニコニコ顔でそう言った。

それに芹香は「まあね」と、紗菜はまだ不満そうだったがとりあえず頷く。

俺としては別にいいところなんて見せてもらわなくてもみんなを推すことに変わりはなかったけど、ますます推したくなったという意味ではゆきの目論見《もくろみ》にまんまと乗せられた気がしないでもない。

それがなんだかちょっと照れくさくて、俺はスマホを眺めながら話題を変える。

「……しっかしマリエルさまも紗菜も、反響の勢いがすごいよな。ゆきはさすがにSNSにアップとかできないけど、したらやっぱりすごいことになってただろうし。改めてこの集まりって、すごいレベルのインフルエンサーの集まりなんだなぁ」

俺は感慨を込めて言う。そんな人達に推されてるっていうんだから、やっぱり現実感が乏しいのも仕方がないってもんだ。

「何言ってんのよ、今やあんたも大人気ゲーム実況者でしょうが」

「お前らのおかげでな。でも、その前までは反応なんてほとんどなかったからさ」

今と昔を比べると、文字通り桁が違う。っていうか比較にならん。

「昔はコメントが一つあったら、それだけもうテンション上がってたんだけど」

「あ、私はずっと前から、ケーくんのＳＮＳとかチェックしてたし、配信や動画でもいっつもコメントしてました！」

ゆきがはいはいと手を挙げてながら言う。そういう仕草が普段のクールな時とのギャップでいちいち可愛《かわい》い。

「うん、わんころもちさんのコメにはいつも救われてたよ。そのおかげで実況を続けられてたってのは確実にあったし」

「け、ケーくん……！　そんな、ふぇへへへ……」

頰に手を当てて照れるゆき。まあ、まさかそれがゆきのコメだなんて知らなかったんだけどな。知ってたら逆に素直に喜べてたかどうか、そんな余裕もなかったかも。

「そ、そういうことなら、私だってけーたろの配信はずっとチェックしてたわよ！　コメントはしてなかったけど……！　でも動画の内容なら全部完璧に憶《おぼ》えてるわよ！」

と、今度は芹香がそんなことを言い出した。腕を組んで、まるでゆきに対抗するかのような感じだが、そんなことでまでマウントとろうとしてんじゃねーよ。

「……それはサナも同じ。お兄ちゃんのＹｏｕＴｕｂｅは全部見てる」

「え、そうなの？」

さらに紗菜もそんなことを言い出して、俺は思わず訊《き》き返す。それって初耳なんですけど？　お前も俺の配信見てたの？

「そうだったんだ、紗菜ちゃんもなんだね！　つまり私達はみんなケーくん推しってことで『推し友』だね！」

「……まあそうだけど、そんな言葉あった？」

首をひねる芹香。まあ、ゆきの造語癖はともかく、言わんとしてることはわかる。

「ふわぁ、うれしいな……！　今までケーくん推しの仲間っていなくて、芹香さんとお知り合いになれたと思ったら紗菜ちゃんまで……！　これからはみんなでいっぱいケーくんの推しトークができるね！」

本当にうれしそうな笑顔のゆきに、俺は思わず見とれてしまう。

こんな最高の笑顔を見られるなんて、しかもそれが俺に関することでとは……。

間違いなく俺の方が感謝の課金をしないといけない立場だろこれ。とりあえずゆきグッズを全種類買い増しでもするか。

そんなことを考えていると、ゆき達は俺に関すること、いわゆる推しトークで早速盛り上がり始めた。

あの時の配信はこうだったとか、この動画ではこういうことがあったとか、そんな話をみんな熱心にしている。内容が俺についてなので傍《そば》で聞いているとむずがゆい気分になるけど、それでも本当に俺のことを推してくれてるんだってことが伝わってくる。

……ふっ、けど『推し』については俺も負けちゃいないぜ？　そっちが俺を推してるように、俺もこれまで以上にお前らを推してやるからな！　なお具体的な方法についてはこれから考える模様。

と、そんな謎の対抗心を燃やしていた俺だが、ふと気がつくと、どこか空気が張り詰めているような気配を感じた。その出どころは——って、もちろんこの場には俺とゆき、芹香と紗菜の四人しかいないわけで。

……あれ？　どうしたんだ？　さっきまでの和気あいあいとした雰囲気はいずこへ？

「やっぱり一番推せるケーくんは配信中のケーくんだと思う。あ、でも学校でのケーくんも捨てがたいかな。学校でのケーくんは——」

「ふ、ふーん？　でもそういうのって表面しか見てない感じもしない？　やっぱり昔のけーたろを知っててこそ、今のけーたろの良さってのもわかると思うのよね。そういえば子供の頃、こういうことが——」

「……けどここ数年は会ってなかったって聞いた。普段の顔といえば家でいる時。家族としてお兄ちゃんを見てるからサナが一番ギャップを知ってる。家でのお兄ちゃんは――」

聞くとどんな俺が一番推せるかを話しているようで、それぞれ自分の一推しを語っているようなんだけど――……どことなくマウントをとり合ってるように見えるのは気のせいだろうか？　なんだろう、ケンカはやめてもらっていいですか？

「あのー……、俺を推してくれてるのは、その、うれしいんですけど、なんといいますか、言い争うのはちょっと……」

俺はおずおずと声をかける。情けないとか言わないでほしい。女子の集団に声をかけるってのはマジで勇気のいる行為なんだぞ!?　特に俺のような陰キャは！

「え、やだなぁケーくん、言い争いなんてしてないよ？」

「そうよ、なに言ってんのあんたは。普通におしゃべりしてるだけでしょ」

「……変な誤解しないでほしい。あくまで推しトーク」

……そうはいいますがねあなた方、顔は笑ってるのに目は笑ってないんですよ。なんかゴゴゴゴゴ……っていう不穏な幻聴も聞こえてくるし……！

結局、俺が割り込む隙もなく、その推しトーク（？）は続いていく様子だった。

やっぱり不穏さしかないけど、とはいえ不測の事態が起こりそうとかいうわけでもなさそうなので、とりあえず見守るしかなさそうだ。……俺のことなのにな。

仕方ないので、俺はトークが終わるまでさっき上げた動画やSNSの反応をチェックして時間をつぶすことにした。

ボスのソロ討伐について、ほとんどはすごいとかさすがといった肯定的なコメントばかりで、それはそれでよかったんだけど、中にはそうでないものもチラホラと目についた。

ソロでとか無理だろと頭から決めつけるコメや、こんなの大したことない、普通に他のプレイヤーもやってると鼻で笑う系もいくつかある。俺の方が上手《うま》い的なコメントもあって、じゃあ動画アップしてくれよと苦笑したかと思うと、今度はチートを使ってると言いがかりをつけてくるものまである。

「……いやいや、さすがにチートはねーわ。使ってるかどうかとか見ればわかるだろ」

俺はあまりに低レベルな書き込みに、思わず笑ってしまう。

だがその時、さっきまでかしましくトークを続けていたはずの皆さんが、ピタッと会話をやめて一斉にこちらを向いた。思わず出た俺の呟《つぶや》きに反応したようだが、その勢いに俺はビクッと体を震わせる。……こ、怖《こ》えぇよ！

「……今、なんて言ったのケーくん？　チート……？」

「い、いや、そういうコメントが動画に付いてたんだけど……」

「なんですって⁉」

芹香《せりか》がバッと自分のスマホを取り出して確認する。ゆきと紗菜《さな》もそれに続いた。

「はあぁぁっ⁉　何このコメ⁉　けーたろがチートなんて使うはずないでしょ⁉　どこに目ぇ付けてんのよこのクソコメ主は！」

コメを見て激高する芹香。……お嬢さまがしていい口調じゃないですわよ⁉

「……ひどい。ケーくんがチートとかあり得ない。見たらわかるはずなのにこんなこと書くなんて、絶対に許せない……」

突然普段のクールモードに戻って静かに怒りを表すゆき。その温度差が怒りの深さをより浮き彫りにさせていて、俺はその迫力に思わず「ひっ」と声を漏らす。怖えぇ……！

「……なにこのアンチは。お兄ちゃんをディスるとか最低。死ねばいいのに」

紗菜は紗菜で、いつものテンションながら言ってることは一番過激だ。俺のことで怒ってくれるのはありがたいけど、兄ちゃんはもっと優しい紗菜でいてほしいな⁉

とまあ三者三様ながら、全員このコメントに憤慨しているようだ。そしてさっきまで言い争っていたはずなのに、今度は一致団結した様子を見せて「アンチは許さん！」と盛り上がっている。落差がすごいなおい。

「こんなアンチに負けないよう、私達はケーくんの良さをどんどん推してこ！」

「そうね。アンチなんて潰しても潰してもキリがないんだから、無視してけーたろをもり立てていくわよ！」

「……賛成。アンチに発言権などない。みんなお兄ちゃん信者になればいい」

「私達はケーくん推し同盟として、これから力を合わせようね。とりあえず、ケーくんの情報はみんなで共有しよう。私は学校でのケーくん情報を担当するから」

「そうね。じゃあ私は子供の頃のけーたろの情報を提供するわ」

「……サナは家でのお兄ちゃんの情報を」

「お願いね紗菜ちゃん。あ、じゃあ紗菜ちゃんもメッセグループに入らないとね」

そして、気がついたら謎の同盟が発足しており、みんなが一致団結する姿勢を見せていた。……だから、さっきまでのあれはなんだったんだよマジで。

口をはさむとロクなことになりそうにないので、俺の名前を冠してはいるが、このことに関してはノーコメントを貫こうと決める俺。

……まったく、この程度のコメでそんな目くじら立てる必要なんてないのに。

俺はやれやれと首を振る。生まれた時からネットに接してきた世代の俺としては、こんなコメなんぞ日常茶飯事だって知ってるから動揺なんて欠片《かけら》もない。

そう、動揺するとしたら、こういった類のコメントじゃないんだ。

俺はもう一度コメ欄を確認していく。そしてスクロールしていくうちに、とある一つのコメントの場所で指が止まった。

『なんか最近有名人にバズらされてたけど、こいつ調子乗ってね？』

中身のない、チンピラの言い掛かりレベルの低級なコメント。

普段なら一顧だにする必要もないもので、その証拠にこのコメには高評価も、低評価さえも付いてない。要するに、単なる愚痴程度のものだ。

……だけど、今の俺にはこういったコメントが一番効く。ゆきやマリエルさまや、紗菜にバズらされて今があるというのは厳然とした事実だ。だからこそ、これからも一層がんばっていかないといけないんだが――

「……ん？」

そんなことを考えていた時、なにやら視線を感じて顔を上げるとゆきと目が合った。

だけどすぐに視線は外されて、ゆきは何事もなかったかのようにまた会話を続ける。

一瞬のことだったけど、その目がどこか不安げに揺れていたように見えたのは、俺の気のせいだったのだろうか……？

第五章　推しに推されてもいいですか？

『あ、ケーくん？　今日の配信も最高だったよ！』

『そうね。今日も神プレイの連発で、けーたろファンもさらに増えたでしょうね』

『……お兄ちゃん信者をもっと増やしたい』

ある日の夜、俺達はメッセグループのボイチャをしていた。

以前までは文字でのやり取りだったのだが、最近は（いつの間にか）紗菜もグループに入っていたこともあり、だったらみんなでボイチャをしようという流れになって、それが定着した形だ。

『私、思うんだけど、ケーくんの配信ってやっぱり尊すぎると思う。でも、その尊さに感謝する方法がない。だから提案。ケーくんはスパチャを解禁して、課金できるようにした方がいいと思います！』

『へえ、いいこと言うじゃない雪奈《ゆきな》のぞみ。その意見には大賛成だわ。けーたろの配信はもっと評価されてしかるべきだものね』

『……賛成。スパチャ導入すべき』

「おいおいおいおい……」

話題は今さっき終えたばかりの配信の感想。

が、早速俺を置いてけぼりで話が勝手に進んでいる。

ゆきは相変わらずの課金癖で、芹香と紗菜も普通に賛成するんかい。

『というわけでケーくん、スパチャの設定しておいてもらってもいい？』

『収益化はもう済んでるんでしょ？　次の配信までにやっときなさいよね』

「いやいや、さすがにみんなからお金をもらうわけには……」

『……ファンが推しに課金するのは普通のこと。お兄ちゃんがしぶるなら、サナが今からお兄ちゃんの部屋に行って設定する』

紗菜がトンデモナイことを言い出し、それを褒めそやすゆきと芹香。

結局抵抗むなしく、俺は半ば無理やりスパチャの設定をさせられてしまうのだった。

それにしても、この三人は相変わらず俺を全肯定してくれてるけど、そうやって推されれば推されるほどもっとがんばらないとって気持ちが強くなる。プレッシャーってほどじゃないけど、もっと期待に応えないといけないって感じというか……。

『……ケーくん、大丈夫？』

「え？」

そんなことを考えていると、不意にゆきがそんなことを言ってきた。

画面にはどこか心配そうにこちらを見るゆきの顔。

「大丈夫って何が？」

『あ、ううん。なんだか元気がないように見えたから……』

「いや別に何ともないよ。気のせいじゃないかな」

俺はそう答える。ちょっと気負っていたのを察せられたのかもしれないけど、本当に心配されるようなことじゃなかった。

『悩みでもあるの？　もしかしてガチャでＳＳＲ引けなかったとかじゃないでしょうね』

「んなわけあるか。あ、でもＬｏＦでレアスキンが出なかったら凹《へこ》むけど」

『割と同レベルな気がするんだけど……』

『……そういえば、最近お兄ちゃん少し元気がないかも』

紗菜の発言に、俺は「……マジで？」と呟く。

自覚はなかったけど、もしかして結構余裕がなくなってきてるのか俺は？

「なんでもないって。ガチャでＳＳＲが引けなかったからだよ」

『やっぱガチャじゃないのよ！　え、エッチなソシャゲだったら容赦しないからね！』

「勝手に決めつけるな！　ちげーわ！」

『……大丈夫。お兄ちゃんのやってるソシャゲは15禁』

「それは言わない約束ですよね紗菜さん!?」

なんだか無駄なダメージを負ってる気がするが、話が逸《そ》れたのはありがたかった。

その後も話題は変わったまま、ガチャゲーについて論争が巻き起こる。

『…………』

そんな中、ゆきだけが少し首を傾《かし》げながらずっと黙っていたが、やっぱりその顔にはどこか不安そうな影が浮かんでいるように見えたのだった。

▽

次の日、学校でのこと。

俺はある異変に気がついた。ゆきの様子がどこかおかしいのだ。

一見するといつも通り、友人達と話をしているように見えるのだが、よくよく観察してみるとどこか上の空なのがわかる。あ、ほら、今も友達に「ゆき、話聞いてる？」って言われてるし。

それに、表情もどこか硬いように思える。

普段のゆきはクールな感じだからおかしくないのではと思うかもしれないが、それを加味してもやっぱりどこか違和感がある。硬いというか、暗いというか……？

他の連中はどうやら気付いていないらしい。おそらくゆきも他の人に気取《けど》られないよう注意しているからだろうが、あまり舐《な》めないでもらいたい。ゆき推しの俺にはバッチリわかってしまうのだよ。……まあ、その原因まではさすがにわからないけどさ。

ううん、気になる。ってか心配になる。何かあったのかな？

おかしいといえば、さっきからやたらゆきと目が合うってのもある。友人達との会話中にもかかわらず、さっきからチラチラとこっちを窺《うかが》ってくるような視線を投げかけてくるじゃないか。そのせいで、直前で視線を逸らして気付かれないようにするプロの俺が、さっきからずっと間に合わずに目が合ってしまっている。……って、自分で言ってて普通にキモいな俺。しばらくゆきの方は見ないでおこう……。

そうしてなるべく気にしないようにしていたが、時々見てもゆきの様子はずっと変わりがなくて、その日一日中おかしな状態は続いた。

放課後になって、俺はさすがにどうかしたのかと訊《き》こうと思い立った。普段は距離感の兼ね合いもあって俺から話しかけるのはなるべく控えていたが、さすがにそんなことも言ってられない。

……って、そういえばゆきの方からは普段からガンガン接触してくるのに、今日はそれがなかったな。考えてみればそれも大異変だ。もしかして俺の推しをやめたとか……？

そんなちょっとネガティブな考えを抱きつつ、俺は帰り際《ぎわ》、ゆきの周りから人がいなくなった時を見計らって声をかけてみた。

「あの……、ゆき？」

「あ、け、ケーくん？　何かな？」

やっぱり変だ。挙動不審というか……。

いろいろ考えたが、俺はストレートに訊《たず》ねてみることにした。

「なんか今日一日様子がおかしかったみたいだけど、何かあった？」

「……あ、やっぱりバレてた？」

俺の問いに、ゆきはばつが悪そうな笑みを浮かべた。その反応からそこまで深刻な悩みではなさそうだと、とりあえずホッとする俺。

けど、何かあるのは確実らしく、俺は慎重にそのことについても訊ねてみる。

するとゆきはしばらくモジモジとしていたが、やがてゆっくりと口を開いた。

「実は、昨日ボイチャでケーくんが元気がなかったみたいだから心配してて……。ケーくんはなんでもないって言ってたけど気になって、それで直接訊いてみようかなってずっと悩んでたんだ」

「えっと……？　それはつまり、俺のことをずっと心配してたってこと？」

俺がそう言うと、ゆきは恥ずかしそうにコクンと頷《うなず》く。……だから、天使か！

「いや、俺はそんなゆきの様子を見て、何かあったのかって心配してたんだけど」

「え、じゃあケーくんの心配してた私を、ケーくんも心配してたってこと？」

そのことに気がついて、最初ポカンとしていた俺達だったが、やがてどちらともなく笑い出した。何してんだろうな、俺達。

「……ちょっと歩きながら話してもいい？」

やがて笑い終わると、ゆきがそう言ったので俺達は教室を後にした。

ゆっくりと廊下を歩きながら、俺はゆきが話してくれるのを待った。

「……明日から数日、地方でライブがあるの。だから学校にも来られないし、ケーくんにも会えない」

しばらくして、ゆきはポツリと独り言のように話し始めた。

地方ライブの件は俺も知っていた。というか、公表されている分のゆきのスケジュールは全部漏れなく把握している。ファンとしては当然のたしなみなわけだが、残念ながら追っかけてライブを見に行ったりはさすがにできない。経済的にも立場的にも、高校生ってのは不自由で困る。もちろん社会人のがもっとキツいだろうけど。

「もしかしてそれも、様子がおかしかったことの理由？」

「うん、でもやっぱりメインはケーくんのことかな。大丈夫だって言うけど、やっぱりどこかいつものケーくんじゃないみたいに見えて……。ほら、この前みんなで一緒にゲームカフェに行った時、ケーくんの神プレイ動画をアップしたでしょ？　その時になんか変なコメもあって、それでケーくんが嫌な気持ちになったんじゃないかって思ったの」

そのことを気にして、最近も元気がなかったのかなって――

ゆきがそう続けるのを聞いて、そんな細かいところまで見てくれていたのかとうれしくなった。と同時に、自分でも気付かないうちに表に出るくらい、俺は配信活動にプレッシャーを感じていたのだろうかとも思った。

「大丈夫だって。そもそも元気がないってのも気のせいだよ」

なにはともあれ、俺は笑顔でそう答える。ゆきに余計な心配をさせられない。

「…………うん」

しかし、ゆきの返事はどこか歯切れが悪かった。

なんだろう、それでもまだ心配なのか……？　と思っていると、ゆきはなぜかほんのりと頬を染め、何か言いたそうにモジモジとし始めた。

「あ、あのね、お願いがあるんだけど……！」

そして意を決したように口を開くと、そんなことを言い出したじゃないか。

「お願いって？　あ、もちろん俺にできることなら何でもするから遠慮なく言ってくれ。できないことも何とかがんばるから」

俺がそう促すと、ゆきは少し安心したような顔をした後、やっぱりしばらくモジモジして、それからようやく言葉を紡《つむ》ぎだした。

「あ、あの……！　こ、これからケーくんのお家《うち》に行ってもいいかなって……！」

「……へ？」

しかし、出てきたお願いの内容に、俺は思わず唖然《あぜん》としてしまう。

……いや、だって、え？　お、俺の聞き間違いじゃなければ、今確かにゆきが俺の家に来たいって、そう言ったよな……？

そ、それは、なんというかマズい。そりゃもういろんな意味でマズい。

今をときめくトップアイドルが家に来るとか、そんな超級レアイベントがこんな軽い調子で発生してしまったってのがもうなんかヤバい。心臓のドクドク具合が半端《はんぱ》じゃない。宝くじで十億当たった時ってこんな感じなのかもしれない。つまりはヤバいくらいうれしいってことなんだが——それがまたマズい。

推しとの距離感を大事にする俺としては、これは看過できないレベルだ。というかこれまでだってなあなあでやってきた感があるのに、さらに一線を越えてしまいそうでいよいよヤバい。変な意味じゃなく、さすがに距離が近すぎるってことで。

「いや、それは……」

なので、俺は断ろうと思った。せっかく手に入れた当たりくじを自分の手で破り捨てるような、そんなすさまじいレベルの葛藤があるにはあったが、それでも推しのためを考えると、やはりここは断らないといけないと思ったんだ。

「……ダメ、なの？」

けど、またこの表情だ。捨てられた子犬がまた現れた。

……だから、なんなのそのすがるみたいな弱々しい表情は⁉　どうやったらそんなナチュラルに庇護《ひご》欲がかきたてられるんですかね⁉　もしかして悪魔なの⁉　天使で悪魔だったりするの⁉　ゆきは実は堕天使だった⁉って、それはマリエルさまであって、ゆきは正真正銘の天使なんだってば！　つまり天使は時に悪魔にもなるんだよ！　新たな学説が今ここに立てられました！

「………あ、いいです。ＯＫです、はい……」

と、頭の中がグチャグチャになってた俺だが、気がついたら了承を口にしていた。

仕方ない、仕方ないんだ。ゆきのお願いなんて最初から断れるはずがなかったんだ。

全部ゆきが可愛《かわい》すぎるのが悪いんだ。可愛いという概念が具現化した存在に、俺ごときが敵《かな》うはずがなかったんだ。

「ほんと!? ありがとう！ すごくうれしい……！」

この輝かんばかりの笑顔を見てくれよ。勝てるわけがない。推しの幸せを願うという想《おも》いは何にも代えられない。とはいえ信念を捨てたわけでもない。最低限のラインだけは越えないよう、鋼の意志は持ち続けていかないといけない。

……まあ問題は、そのラインがもうずっと下がり続けてるってことなんだが。

俺達は校門を出て家路につく。ゆきはすっかり上機嫌で「ケーくんのお家、どんなのかな」とか「道順ちゃんと覚えなきゃ……！」とか「あ、ご家族の方にちゃんと挨拶もしないと」などなど、楽しそうに話をしていた。

ちなみにだが、両親は仕事で家にいないので最後の心配は不要だ。とはいえそれはそれでシチュエーション的に問題なので、紗菜《さな》が先に帰っていることを願うばかりだ。

「……ところで、どうして俺の家に？ 何か目的でもあるの？」

しばらく歩いて冷静さを取り戻した俺は、そんな根本的な質問をしてみた。

さすがにゆきにとって俺が推しとはいえ、何の用事もないのに家に来たいとは言わないだろうし——……言わないよな？

「え？　そ、それは……、い、今は内緒で。着いたら言うから」

しかしゆきは、口に人差し指を当てながらそんな返答をする。

はい可愛い——ってのは置いといて、内緒とは……？

一体なんなんだと気になるところだが、そのことばかりを考えてもいられなかった。

実は、この状況で他に注意すべき重要なことがあったので、そっちに意識のリソースを割かないといけなかったからだ。

それは周囲の目だ。なにせアイドルを家に連れて行くわけだから、細心の注意を払わないといけない。ゆきが家に入るところなんかを誰かに見られたりするのは絶対にNGだ。万が一学校の奴《やつ》らに見られようものなら、確実に変な噂《うわさ》が立ってしまう。そんなことでゆきに迷惑をかけるなんてあり得ないので、常に気を張ってなくてはならないのだ。

……目立たないように目立たないように、でも周囲には気を配って……！

「？　どうしたのケーくん、そんなにキョロキョロして。すごく目立ってるけど」

「……はい、すみませんでした」

本日の教訓。素人《しろうと》が慣れないことをするとロクなことにならない。

……でも仕方ないだろ⁉　警戒しないといけないってのは事実なんだからさ！

俺は自分の迂闊《うかつ》さに自分でキレながら、とりあえず普通に振る舞うよう軌道修正する。

だがその時、ふと視界の中に不審なものが見えて、全身に緊張が走った。

「？　ケーくん？　どうしたの、立ち止まって」

ゆきはまだ気付いていないようだが、前方にいかにも怪しい男がいる。でっかいカメラを首から下げた、いかにもカメラマンといった風貌の中年男性。何かを探しているのか、しきりに辺りを見回している。まだこっちには気付いていないようだが――

「……あっ」

と、俺はそこでハッと息を呑《の》んだ。あることを思い出したからだ。

ゆきのスクープ狙いの週刊誌記者がいる。最近この辺りをウロついているらしい――そんな噂を学校で聞いたことがある。

出どころは覚えていない。そんな話をするような知り合いはいないから、誰かがしゃべってるのを偶然聞いたってところだろうけど、でもその噂自体はハッキリと憶《おぼ》えている。

……マズい！　絶対あの人がそうだろ！　あんなあからさまな格好、普通の人がするわけがない！　カメラがもう見えてるし！

俺はあたふたと辺りを見回す。とにかくゆきと俺が一緒にいるところなんて写真に撮られたら冗談じゃ済まない。どこか、どこか適当な隠れ場所はないか……!?

周囲をぐるっと見回していると、とある看板が目に入った。

……あれは、ネカフェだ！　あそこに入るしかない！

「え？　あっ、ケーくん⁉」

俺はゆきの手を摑《つか》んで店に飛び込む。ゆきは驚いた声を出したが、今は気にしていられない。一刻も早く身を隠すことしか考えていなかった。

素早く受付を済ませ、個室へと入る。そこで俺はようやく一息つけた。緊張で強張《こわば》っていた身体《からだ》が弛緩《しかん》し、はあぁ……と大きなため息が漏れる。

「えっと……、どうして急にこんなところに？」

と、それまで黙ってついて来てくれていたゆきだが、そこで初めてそんな当然ともいえる質問をした。……何も言わずにいきなりネカフェに連れ込んだってのに、それくらいで済ませてくれるとか本当に天使だと思う。ってか、事情があったとはいえトンデモナイことをやらかしてるな俺は……。

「ああ、実は――」

俺はその事情を説明しようと口を開きかけたが、直前で押し黙った。

ゆきには不必要な心配はさせたくない。それでなくても明日から地方ライブが控えてるのに、週刊誌記者がウロついてたなんて言って精神的負担なんて増やせない。

「……じ、実は、思い出したんだけど、今はちょっと家はダメなんだ。その……、そう、親父《おやじ》が寝込んでて！」

「そうなの⁉　ケーくんのお父さん、具合が悪いの⁉　だったらお見舞いに――」

「ああいや、違うんだ！　ただの二日酔いでさ。家の中も酒臭くって、ほんとに困った親父なんだよ。あははは！」

なので、悪いが親父には犠牲になってもらうことにした。どのみちカメラマンがウロついている中でゆきを家に上げるなんてできないしな。

……親父、酒もタバコもやらないのに。俺の推しのためなんだ、すまない……。

「急に思い出してさ、それで代わりにここでと思って。……その、いきなりでごめん」

苦しい言い訳だが背に腹は代えられない。俺がそう説明すると、ゆきは「そうだったんだ」と疑うことなく受け入れてくれたわけだが、すごく申し訳ない気分だった。

「なら仕方ないよね。私、ネカフェって初めて入ったかな」

個室内を物珍しそうに眺めていたゆきだが、ふと何かに気付いたかのような顔になったかと思うと、今度はなぜか顔を赤くして、チラチラと視線をこちらに送る。

「？　どうしたの？」

「……あ、な、なんかその、放課後に二人でネカフェって、なんだかまるでデートみたいだなって思って……！」

　そして飛び出す爆弾発言に、俺は本気で頭の血管が切れるかと思った。

「……で、で、ででデートって⁉　た、確かにこの状況、言われてみればそんな感じに見えなくもないが……！　そ、それにしたって俺とゆきが、その、ででデートなんてあり得ないだろ⁉　ってか、あっちゃならないだろ⁉」

「あっ！　ご、ごめんなさい！　つい思ったことが口に……！　わ、私がケーくんとデートなんて、そんな大それたことできるわけないよね……！」

「いや逆、逆！」

　なに言ってんですかあなたは⁉　どう考えても前後が逆だ！　俺なんかがゆきとデート云々《うんぬん》が正しい順番です！　ってか、そもそもこれデートじゃないからね⁉

　俺達はお互い真っ赤になって俯《うつむ》く。なんというか、漂う空気がものすごくくすぐったくて、そして熱い。なんだか頭が茹《う》だってきそうだった。

「そ、そうだ！　ケーくんに渡したいものがあって……、はいこれ」

　そんな中、まるでゆきが空気を換えるように明るい声を出しながら、鞄《かばん》から紙袋を取り出して手渡してきた。まだ少し顔が赤いけど、気にしたら負けだ。

「……えっと、これは？」

受け取った紙袋は軽い。わずかにカサカサと音がする。俺が中身を訊《たず》ねると、ゆきはやっぱり照れ笑いを浮かべながら「開けてみて」と言った。

「お菓子？」

中から出てきたのは丸い形をしたクッキーだった。香ばしい良《い》いにおいがして、よく見るとチョコレートが埋め込まれている。チョコチップクッキーだ。

「そ、それ、よかったら食べて」

「あ、うん、ありがとう。でも、どうしてまたこんな？」

「もともとそれを渡すつもりでケーくんのお家《うち》に行けたらって思ってたから。……それで少しは元気になってくれるかなって……、えへへ」

え？　つ、つまりこれは、俺のために……？

ゆきが俺を元気づけるためにわざわざクッキーをプレゼントしてくれたと……？

……おいおい、おいおいおいおいおい！　なんか胸がきゅーんってなったんですけど⁉

こんな幸せなことあっていいのか⁉　俺は幸運の貯金を知らないうちに全部引き出してるんじゃないだろうな⁉　それどころか前借りしすぎで借金まみれの可能性さえあるんですけど⁉　しかもこれ、俺の大好きな——

「そ、そうだ、どうしてチョコチップクッキーを？」

「え、だってケーくんの好物だから――……はっ⁉　も、もしかして違ってた⁉　だったらごめんなさい……！」

「あ、いや、大好物であってるんだけど！　でも、どうしてゆきがそれを？」

「そんなの当然知ってるよ。だってケーくん、配信で自分でそう言ってたじゃない。私、ケーくんの配信内容は全部覚えてるから！」

「ぜ、全部って、それ本当に……？」

「もちろん！　ちなみにチョコチップクッキーが好きだって言ってたのは、ＬｏＦ生配信の第十二回で、時間は一時間三十八分二十三秒頃。ちょうどバリアが閉じるのを待ってるところで、その時の与ダメージ数は――」

「詳しすぎ！　ダメージ数まで⁉」

俺のツッコミにゆきはエッヘンと胸を張るが、マジで細かすぎる……！

……でも、いや、そういえば言ったような気がする。俺は基本的に配信中は沈黙の時間を作らないようにしている。実況と名乗っている以上、たとえ視聴者がゼロ人でも、ずっと話は続けていこうと最初から決めてたからな。

でもまあ、もちろん話のネタが永遠にあるわけじゃない。バリアが閉じるのを待っているような待機時間は実況することもない。だからそういう時は関係ないことでもしゃべるわけだが、そこで確かに好きなお菓子の話をした記憶がある。

……で、そんな何気ない一言までゆきは憶えてたのか。

憶えていたうえで、こんなうれしすぎることまでしてくれるなんて……。

「……いただきます」

俺は袋からクッキーを一枚取り出し、食べてみる。サクッとした歯ごたえに、生地とチョコの甘い味わいが口いっぱいに広がる。泣きたくなるくらい美味《おい》しい。

「ど、どう？　ケーくんのお口に合うかな……！」

「すごく美味しいよ。マジで、すごく」

「よかった……！　急いで作ったけど、ちゃんとできてた」

……うぐっ⁉　し、しかもこれ、ゆきの手作りなのか⁉

推しの手作りお菓子とかが食べられるとか、どうやったらそんな幸運がゲットできるんだって話だよ！　事実ゲットしてる俺が言うことじゃないけどさ！

美味しいチョコチップクッキーがこれ以上ない極上のチョコチップクッキーに変わり、俺は一口一口思い出に刻み込む勢いで味わう。それと同時に、俺の頭の中にある一つの疑問が浮かんできた。

ずっと訊《き》きたかったことだ。今がその機会なのかもしれない。

「……あの、ゆきはさ、どうして俺のことをこんなに推してくれるんだ？」

それは、なかなかにバカな質問だった。推しを推すのに理由なんていらない。ただ『好き』だから推す――理由はそれで十分だからだ。というかそれ以外ないんだ普通なら。

「え？　それはもちろん、ケーくんが好きだから。……あっ!?　も、もちろん変な意味じゃなくて！　わ、私そんな恐れ多いこと考えてないですから！」

いや、恐れ多いのはこっちなんですけどね？　……と、それはともかく、ゆきの答えもそんな当たり前のものだった。訊くまでもないってレベルの。

確かにその通りだ。その一言で済む話だもんな。……でも、理由はそうでもキッカケについてはそうじゃない。何かがあったからこそ推し始めたんだ。

それは俺も同じ。ゆきを推し始めたのにはキッカケがあった。なら、それはゆきにもあるはず。そいつを訊ねるのは距離感的にもアウトなことだったけど、俺は訊かずにはいられなかった。だってこの手作りチョコチップクッキーは、そんな信念を一時的に吹き飛ばしてしまうくらいに美味しかったから。

「ごめん、なんていうか……、俺を推すようになったキッカケを知りたかったんだ」

「キッカケ？」

「うん。俺はあるよ、ゆきを推すようになったキッカケ。だから、そっちにも同じようなのがあるのかなって……。あ、もちろん言いたくなければいいんだけど」

「け、ケーくんが私を推すようになったキッカケ⁉　し、知りたい！」

「ああいや、大したことじゃないんだけど……」

「それでも知りたい！　私もキッカケを話すから、ケーくんのも訊いていい？」

俺が頷《うなず》くと、ゆきは「やった！」と小さくガッツポーズをしてから椅子に座った。

そういえばずっと立ちっぱだったことを思い出し、俺も座る。

「私のキッカケは——……あの、ちょっと言うのは恥ずかしいんだけどね。ちょうど落ち込んでた時にケーくんと出会ったからなんだ」

「落ち込んでたって……。それって聞いてもいい話？　もちろん誰にも言わないけど」

「うん、別に大した話じゃないから。ケーくんのことを知った頃って、ちょうど私がアイドル活動に不安を感じ始めた時だったんだよね」

「え？」

軽い口調で話し始めたゆきだが、その初《しょ》っ端《ぱな》から俺は驚いた。

……ゆきがアイドル活動に不安って、そんな話は聞いたことがないぞ？

あの天才とか歌姫とかいわれている存在が不安を抱くって……。

「あれ、どうしたのケーくん？」

「……な、なんかごめん。俺、軽い気持ちでこんな話題を……」

「ああ、違うの！　そんな重い感じじゃなくて、本当に大したことない話だから！　ただちょっと、アイドルとしての重責を感じ始めてたというか」

「ものすげー重い話なんですけど⁉」

ゆきは笑っているけど、言ってる内容は間違いなく激重だった。

しかし当のゆきはそういった感じはなく、本当に気軽な口調で「だから、そんなことないんだって」と続けた。

「私って、歌が本当に好きなの。自分で言うのもなんだけど、歌うために生まれてきたってくらいに好き。踊るのも好きで、だからこの世界に入ったんだけど」

静かな口調で、少しだけいつものクールな感じを取り戻しながら、ゆきは宙を見つめて過去を思い出すようにそう言った。

「アイドルにならないかっていう話がきて、歌が歌いたいって希望を言ったら叶《かな》えてみせるからってプロデューサーさんにいわれて、それでアンヘルに入ったの。その言葉通り、私は思いっきり歌わせてもらって、アイドルになってよかったって心から思いながら活動を続けてきた。プロデューサーさんには本当に感謝してる」

ゆきはその時のことを思い出したかのように、ふっと微《かす》かに笑みを浮かべた。

「最初は歌うことやそれをみんなに聴いてもらえることがとにかく楽しくて、夢中で走ってた。細かいことは何も考えずに、とにかくアイドル活動に集中してた。それがすごく幸せだったの。……あ、もちろん今もそれは変わらないんだけど」

「……だけど？」

「変わったこともあったんだ。周りの反応とかじゃなくて、自分の中で」

そこで初めて、ゆきは少しだけ表情を曇らせる。

「活動は順調でアンヘルもどんどん人気が出てきて。……でもそんなある日、少しずつ不安になっていく自分に気付いたんだ」

「不安……」

「ライブの前とかね、だんだん緊張するようになっていったの。デビューしたての最初の頃に感じてたような『上手《うま》くできるかな』っていう種類の緊張じゃなくて、……なんていうのかな……。そう、このままでいいのかなって」

その言葉を聞いた瞬間、俺の身体《からだ》がピクッと反応した。

「それって、どういう……？」

「うん、自分でも上手く説明できないんだけどね。ただ自分が好きで始めただけのことなのに、こんなにも多くのファンの人に応援してもらっていいのかなって。だって私は本当に、自分がやりたいことをしてるだけなんだ。なのにあんなにも評価してもらって、歌を褒められるのはうれしいけど、それでいいのかなって思ったの」

でもね、とゆきは続ける、その顔にはまたふわっとした笑みが戻って来ていた。

「そんな時にケーくんのことを知って勇気をもらったんだ。ケーくんの配信を見てるとそういう緊張とか不安が消えていって……、それで気がついたら大好きになってた。それがケーくんを推すようになったキッカケだよ」

ゆきはやっぱり恥ずかしそうにえへへと笑いながらそう話し終えた。

しかし、俺は珍しくその可愛《かわい》さに見とれている余裕がなかった。

だって、ゆきが今話したことは——

「……それって、俺が今感じてることと同じ……」

「え、どういうこと？」

思わず漏れてしまった呟《つぶや》きに、ゆきは前のめりに迫る。慌てて口を閉じたがもう遅かった。ゆきは真《ま》っ直《す》ぐに俺を見つめて視線を外そうとしない。

「やっぱりケーくん、何か悩みがあるんじゃない？　それで元気がなかったんじゃ？」

「いや、悩みってほどのものじゃなくて……」

「ほどのものじゃない……、けど何かあるんだよね？　もしそうなら教えてほしい。できるかわからないけど、私が助けてもらったみたいに、私もケーくんの力になりたい」

俺はなんとか誤魔化そうとするが、その言葉に口を噤《つぐ》まざるを得なかった。

ゆきは本気だった。本気で俺の力になりたいって気持ちがストレートに伝わってきて、心が揺らぐ。この人はいつもこうだ。簡単に人の心をこじ開けてくる。こうなってくるともう逆らえない。これが推した弱みなのか。

「……大したことじゃないんだけど」

気がついたら、俺はそう言って口を開いていた。

ゆきが同じような悩みを抱えていたという話を聞いたからってのもあるけど、やっぱり単純に、ゆきの気持ちがうれしかったからというのが大きい。天使の前で人間は、真実を告白するしかないのだ。

俺は語った。といっても、それは悩みなんて大それたものじゃない。

登録者数一桁だった零細ゲーム実況者が、突然のバズで人気が出てしまった。その人気にこれからも応えられるかどうか漠然とした不安が出てきた――ただそれだけのこと。

「うん、やっぱり悩みってレベルじゃねーな」

俺は軽く言い放つ。実際、言葉にしてみればマジで大したことない。

ただし、バズらせたのは自分も推している大人気アイドル、ＶＴｕｂｅｒ、コスプレイヤーだってのはある。そんな推し達の期待に応えないといけないという気持ちが、こんな大したことない不安さえも重く感じさせるのだから厄介だ。

……もっとも、その部分はさすがに本人の前では言えないけどな。

「とまあ、ゆきとはスケールが全然違うし深刻さも比較にならないほど軽いし、そもそもちょっとした不安って程度だから気にするもんじゃないってことで」

ゆきに促されつい口にしてしまったけれど、自分で言ってて本当に小さいことだなと呆《あき》れてしまう。こんなことでゆきに心配なんてさせて本当に申し訳なかった。

しかし、

「そんなことない！」

ゆきは俺のそんな考えを吹き飛ばすように、大きな声で否定した。

その勢いがあまりにすごくて、俺は思わず言葉を切って黙り込むしかなかった。

「そんなことないよ！　それってすごく大変な悩みだよ！　……だって、それって、ケーくんの実況配信のスタイルがこの先変わっちゃうかもしれないってことでしょ？」

「え？　あ、ああ、まあ、そういうこともある、かな？　登録者数に合わせて」

「そんなのダメ！」

ゆきは少し涙目になりながら、キッと俺を見据えてそう言い切った。

「そんなのダメだよ！　スタイルを変えちゃうとか、そんなのケーくんの実況がケーくんの実況じゃなくなっちゃうじゃない！　ケーくんは今のままでも十分尊いんだよ!?　変わる必要なんてどこにもない！」

「そ、そうはいうけど……」

「っていうか、ケーくんはそんなことで悩まない！　悩んじゃダメなの！　ケーくんはいつも楽しそうに笑ってて、自信満々で勇気づけてくれて……！　だから、だからそんなことで悩むなんて、そんなの……！　そんなの私のケーくんじゃない！」

「なにそのイマジナリーケーくん!?」

いきなりすごいことを言い出したゆきに、俺は思わず本気でツッコんでしまった。

……でも、これは仕方ないだろ!?　言ってることがさすがに無茶苦茶すぎる！

けれどゆきはそれでもダメダメと駄々っ子のように繰り返すばかりで、推しにこんな面倒くさい一面があったのかと、俺はいろんな意味でショックを受ける。

「いや、ダメと言われましてもですね。不満を持ってる人も中にはいるわけで……」

「そんなのはケーくんの実況がそもそも好きじゃない人だよ！」

おずおずと反論する俺だったが、ゆきはそうキッパリと言い放つ。

「……私はケーくんの実況が好き、大好き。実況そのものも好きだけど、それ以外のお話とか声とか、とにかく配信のスタイルの全部が好きなの……！　私はそんなケーくんの実況に力をもらったんだよ？　そこで言ってくれたケーくんの言葉に、私は心の底から救われたんだよ？」

「……俺の、言葉って？」

俺の実況がゆきを支えていたって話は聞いたが、俺の言葉に救われたってのは初耳で、思わず訊《き》き返す。するとゆきは「証拠を見せてあげる！」と言ってPCを操作し、俺のアーカイブを再生し始めた。

「その言葉っていうのは、ケーくんのＬｏＦ生配信の第五回、四十九分十二秒くらいのところにあって――」

「だから憶《おぼ》えてるのが細かすぎるって！」

「ほら、見てここ‼」

ゆきはその箇所までシークした後、再生ボタンをクリックする。すると、妙に弾んだ調子の俺の声が聞こえてきた。

『――……っつーわけで、俺は思うわけだ。好きなことを好きなように思いっきりやるってのは、もうそれだけで尊いことなんだよな』

……あ、これは……⁉

憶えてる。俺はこの時のことをハッキリと憶えている。

確かに言った。これは間違いなく、俺が心からそう思った言葉だった。

というのも俺はこの時、そう思うようになったキッカケがあったんだ。

『だから俺は、これからもゲーム実況を続けていく。実況は好きだからな。好きなことを好きなようにやっていくから、これからもよろしくな』

「これ！」

ゆきはそこで再生を止めて、ビッとモニターを指さす。勢いがすごい。

「聞いた⁉　今のケーくんの言葉！　私はこの言葉を聞いて本当に勇気づけられたの！　好きなことを好きなようにやればいい――私にとっては歌うことがそうなんだってわかって、それで本当に立ち直れたんだよ⁉」

「マジか……」

ゆきの言葉に、俺は呆然《ぼうぜん》と呟く。

……なんてこった。こんなことがあるのか？　偶然？　運命？　どっちにしても神様のイタズラが過ぎる。だって――

「……さっきさ、キッカケの話をしたよな。俺がゆきを推すようにキッカケについてはまだ言ってなかったと思うんだけど」

「あっ、そうだった。聞いてない！　聞きたい！」

「一つの曲を聴いたのがそのキッカケだったんだよ。それっていうのは、ゆきが初めて作詞をした曲の『ＢＥＬＩＥＶＥ』だったんだけど」

「……え？」

　ゆきが大きく目を見開く中、俺は続ける。

「その頃って、俺がゲーム実況を始めてちょっと経《た》った頃で、同時に挫折しかかってた時だった。いざ始めたにもかかわらず再生数も登録者数も全然伸びなくてさ。結構精神的に辛《つら》くて、もうやめちゃおうかって思ってた時だったんだよ。そんな時に俺は『ＢＥＬＩＥＶＥ』に出会って……、んで、力をもらったんだ」

　あの時の感動は今でもハッキリ憶えてる。音楽を聴いて身体が震える経験をしたのはあの時が初めてだった。

「あの曲ってさ、未来への希望を信じてって感じの歌詞だろ？　それがその時の俺の胸に刺さってさ。あーへこたれてる場合じゃないなって、これからも実況やっていかなきゃなって、自然とそう思えたんだ。それが、俺がゆきを推すことになったキッカケ」

「……う、ウソ。そんな……！」

　ウソのような本当の話だ。俺だってそう思う。

「で、力をもらった直後の配信がちょうどこいつだよ。声が妙に弾んでてテンションが高いのはそういう理由。ゆきはさっき俺の言葉に勇気をもらったって言ってたけど、その言葉は俺がゆきからもらったようなものだったんだ」

ほんと、運命のイタズラってレベルじゃない。どんな絡《から》まり方をしてるんだって話だ。なんかちょっと笑ってしまう。

俺はもう一度、その箇所を再生してみる。俺の声は本当に楽し気で、カッコつけた言葉も相まって、なにイキってんだよと自分にツッコミを入れてしまいたくなるくらいだ。

……でも、本当に生き生きしてるよな、俺。

当時の気持ちが思い出されて、なんだか温かい気持ちになる。

その時、何かが急にストンと腹の中に収まったような感触がした。

なんていったらいいのか……、そう、「ああ、これでいいんだ」って、そんな風な感触だった。

心の中にあった不安がいつの間にか消えていた。なんだかスッキリした気分で、口では大したことないって言ってたのに実は結構悩んでいたんだな俺、と今更ながらに思ってしまった。で、その悩みを解消する答えが俺のアーカイブにあっただなんて、なんなんだよこれって思わず笑ってしまう。

……これを見つけられたのはゆきのおかげなんだよな。また俺はゆきに救われてしまったのか。こんなの、これまで以上に推していくしかないじゃないか。

「しっかし、本当によくこんな細かいところまで憶えてられるものなんだな。どれだけケイのことを推してるんだって」

俺はアーカイブを眺めながら独り言のようにそう呟《つぶや》く。

こんなの、アップした俺自身でさえ覚えてないっていうのに。

「……え？　あっ、そ、そんなの当然だよ。なにせ全部覚えてるからね。私がケーくんを推す気持ちはそれだけ強いってこと」

すると、それまでなぜかボーッとしていたゆきは、その言葉でハッとしたように我に返って言った。ちょっと自慢げに胸を張りながら。

「なるほど、それは光栄な話だけど、でも推すってことに関しては、俺のゆき推しも負けてないから」

ついさっき、今まで以上に推していくと心に決めた俺の口からは、ついついそんな対抗するような言葉が出てしまう。するとゆきは珍しくムッとした顔を見せ、

「悪いけど『推し』に関しては私は誰にも負けないから。ケーくんがいくら私のことを推してくれてるって言っても、絶対に私の推す気持ちの方が強いから」

なぜかムキになった様子でそう反論してきたじゃないか。

……おいおい、そういう話なら、いくら相手がゆきだからって俺も黙っちゃいられないな。俺のゆき推しを舐《な》めてもらっちゃー困るぜ？

「そいつは聞き捨てならないな。悪いけど『推す』ことで俺が負けてるなんて認識は是非改めてもらいたいもんだね」

「へぇ、私のケーくん推しに張り合おうっていうんだね」

バチバチと、俺とゆきの間に火花が散る。

不敵に笑うゆきのレア表情を堪能《たんのう》しながら、しかし俺も負けるつもりはない。

「私はケーくんの配信もSNSも、発信してる情報は全部全部ぜーんぶ憶えてるんだよ？その私に敵《かな》うとでも？」

「俺だってゆきの出てる番組や動画は全部チェックしてるし、もちろん曲も全部インプット済みだ」

「ふふーん、その程度じゃ情報量が違うよ」

「それに、ゆきのグッズだって買いまくってるし。今までゆきにかけた金は、高校生としてはトップクラスだと自負してるぞ！」

「あ、そ、そんなのズルいよ！　いっつも私が課金しようとしたら、ケーくんは受け取ってくれないのに！」

「そりゃ俺は公式が出してる商品を買ってるんだからいいんだよ。ただお金を渡してるわけじゃないからな」

「むむぅ……！　やっぱりズルい！　ケーくんもケーくんグッズ出してよ！」

「なんだよ俺のグッズって!?　俺はただのゲーム実況者なんですけど!?」

「ケーくんの写真集にケーくんのぬいぐるみに……、ああ、そんなのあったら無限に買っちゃう自信がある！　保存用と観賞用と布教用とお風呂《ふろ》用とカレー用と――」

「なんかおかしなのが交ざってね!?　ってかカレー用ってなんだよ！」

「カレーを食べる時用だよ！　カレーのシミが付いても大丈夫なように、それ専用のを用意しておくの！」

「用途が限定的すぎる！」

「とにかく、それくらい私はケーくんのこと推してるんだから！」

「だから、それ以上に俺はゆきのことを推してるんだって！」

ギャーギャーワーワーと、どっちがより相手のことを推してるかで言い争う俺達。

しばらくの間、そんな喧騒《けんそう》が室内を包んでいたが、やがてそれはピタッとやみ、

「……はは、なにやってんだろ俺達」

「……ふふ、本当だね」

やがて、俺達はどちらともなく笑い出した。

「はー……、ケーくんとこんなこと言い合うなんて、思ってなかった。えへへ……」

ひとしきり笑いあった後、ゆきはうれしそうにはにかんでそう言った。そういうことなら俺も同じだ。あのゆきとこんな友達みたいな口喧嘩《くちげんか》をするなんて、俺としたことが一瞬だけ、ゆきが推しだってことを忘れてしまった。危ない危ない……。

「そろそろ出ようか」

時間も来ていたので、俺達はネカフェを後にすることにした。

店を出てゆきと別れようとした時、ふと背後から声をかけられた。振り向くと、なんとさっき見たカメラを首から下げたおじさんで、俺は思わず声を上げそうになる。

……週刊誌の⁉　も、もしかして待ち伏せてた……⁉

「すいません、ちょっとお訊きしたいんですが、この辺りに昔、小さな神社があったはずなんですけど、ご存じありませんか？」

「へ？　じ、神社ですか？」

しかし、そのおじさんは人のいい笑顔でそんなことを俺に訊《たず》ねてきた。ゆきの方には見向きもしていない。

「ええ、実は私、この辺りの郷土資料を集めてまして」

そしてそんなことを言ってきたので、俺は唖然《あぜん》としながらも、申し訳ないがわからないとだけ答えるのだった。

「どうしたのケーくん？ さっきのおじさんがどうかした？」

おじさんが去った後、その後ろ姿を眺めていた俺にゆきがそんな疑問を投げかけてきた。

あの人はてっきり、ゆき目当ての週刊誌記者だと思ってたと話すと、

「そういう人はあんなわかりやすい格好をしてないよ」

ゆきはそう言って「思い込みだよ」とおかしそうに笑った。

「……そう、だな。うん、思い込みだった」

俺も笑った。心の中でわだかまったものを吐き出すような笑いだった。

……そうだ、思い込みだった。何もかも、俺が勝手に思い込んでたことだったんだ。

バズったからそれに相応《ふさわ》しい実況にしないといけないとか、推し達の期待に応えるためにもっといい配信にしないといけないとか、そんなのは全部思い込みだ。その証拠に、誰もそんなことをしろなんて一言も言ってないじゃないか。

いや、むしろ逆だな。ゆきはこう言っていた。変わる必要なんてどこにもないって。

そう、俺はただ俺のままで、ただ大好きなゲーム実況をすればよかったんだ。

「はは、はははは」

「え、なに？　何かそんなに受けることあった？」

突然笑い出した俺に、ゆきはキョトンと首を傾《かし》げる。

やっぱり俺の推しは天使だった。自分でも迷っているとわかってなかった子羊さえ、ちゃんと導いてくれた。しかも可愛《かわい》い。

思えばこれで二度目だな、ゆきに救われるのは。このいろんな意味で大恩人な推しに、俺はどうやって報いればいいのだろう？

……いや、それもわかってるはずだ。俺はゲーム実況者なんだからな。

「一つ訊《き》きたいんだけど、明日からの地方ライブって、開始時間はいつ頃か教えてもらってもいいかな？」

「あ、うん、いいけど……、どうして？」

「いやまあ……、あ、それから、もう一つ質問。ライブ前に不安になってたのって、今ではもう完全に解消された？」

「それは……、やっぱりまだちょっと緊張はしちゃうかな。あ、でも、その時はケーくんの動画を見るから大丈夫！　ケーくんの配信は私のエネルギー源だから！」

ゆきはグッとこぶしを握り締めてそう答える。

それ自体は非常にありがたい答えだけど、俺が耳に留めたのは前半の部分。

「でも本当に、どうしてそんなこと訊くの？」

俺が勝手に納得していると、ゆきは再びそう質問する。

……どうしてって、そんなの決まってるじゃないか。

「俺はゆき推しだから。できることをしようと思って」

俺はそれだけ答えて、ゆきから聞いたライブ開始時間を胸に刻み込むのだった。


で、翌日のその時間。

俺はいつもの時間よりも前に、緊急の配信を始めていた。

突発なので視聴者数はいつもよりは少ない。だけどチャンネル登録してた人には通知が行くので、それでも人は結構集まってくる。

俺はＬｏＦのロビー画面を流しながら、マイクに向かってこう言った。

「というわけで、これからソロランクマしまーす」

俺のその一言に、早速コメントが反応する。

『何がというわけなんだよｗ』『意味わからんくて草』『ソロいいね！』『突発で面白いことしてるな』『ソロランクマとかマ？　今グラマスでしょ？』『無理すぎて草生える』

おーおー、いいコメじゃないかみんな。そういう反応を待ってたんだよ。

「いいんだよ、一見無理だからやるんだって。ってか、俺は普通にソロでチャンピオンとるから、応援の方よろしく」

俺はコメ相手に気軽にそう返しつつ、宣言通りソロでランクマにキューを入れる。

通常ランクマッチは三人一組が基本だが、実は一人だけで部隊を組むこともできたりするのだ。ちなみにこれは公式のシステムだ。

もちろん相手は普通に三人の部隊なので、一対三なんて圧倒的に不利。ポイントにボーナスとかも付かないので、ハッキリ言ってデメリットしかない。しかも俺の現在のランクはグランドマスターという最高ランクだ。つまり簡単に言うと、メリットゼロの超ウルトラスーパーハードモードに自分から飛び込んで行くというわけだ。

で、なんでそんなことするのかって話なんだが、まあ決まってるよな。

そんなの、ただやりたいからってだけ。

「じゃ、いってくるわ！」

俺は笑いながらドロップシップから降下する。

バズって以来どこか縮こまっていたような感覚が、今はもうウソのように消えていた。

このハードな挑戦にも、それを実況することにも、それに対するコメの反応にも、全部ただひたすら楽しさしかない。

最初に降り立った場所で武器を集め、二部隊に挟まれながらも漁夫って両方倒した。次に移動した場所でも一部隊と遭遇したが、奇襲してなんとか処理した。

常にピンチのヒリヒリとした感覚。それを言葉に表現する楽しさ。沸くコメント欄。そんなライブ感に心も躍る。ああ、ゲーム実況は最高だ。ゲームが好きで、配信が好きで、しかもそれが推しを推すことになるなんて、こんな最高なことが他にあるか？

試合は進んでいき、俺は何度もピンチを迎えながらも最後まで生き残った。残る部隊は二部隊のみ。つまり、敵は残り一グループ。

この激戦を潜《くぐ》り抜けた猛者《もさ》達と、ついに正面から撃ち合わないといけなくなった。状況としては、まあ絶望的だ。

……でも悪いなお相手さん、今回は俺が勝つ。理屈じゃないんだ。今の俺はもうすっかり吹っ切れちまって、勝利のビジョンしか見えてないからな！

俺は物陰から飛び出して、最後の戦いに身を投じる。

爆《は》ぜるグレネード、走る火線、スモークがたかれ、空からはミサイルが降ってくる。

そんな地獄の戦場に、最後に立っていたのは、

「いよっしゃあああああああああああああああああっ‼」

もちろん、俺だ。

勝利の咆哮《ほうこう》に応えるように、コメ欄もまた嵐のようにスクロールしていく。

グラマス帯でのソロチャンピオンという偉業に配信が沸く中、しかし俺の心はここにはなかった。その時の俺が考えていたことはただ一つだけだったんだ。

――この配信、ゆきは見ていてくれただろうか。

☆

ライブ前の緊張はいつまでたっても完全には消えてくれない。

歌が大好きだからこそ、その歌が少しずつ重くなっていくのを感じる。

みんなは気にするなって言ってくれるしその通りだってわかってはいるけど、不安はやっぱり残ったまま。これはきっと仕方ないことなんだと思う。

控室で一人膝を抱えながら、私は小さく息を吐く。でも大丈夫、私にはこの不安を忘れさせてくれる宝物がある。それを見れば、いつだって勇気が湧いてくるから。

私はスマホを取り出して、いつも通りケーくんのアーカイブを見ようとする。

「あれ？　な、なんでこんな時間に配信が？」

でも通知が来ているのに気がついて、見に行ったらなんとケーくんがライブ配信をやっていて驚いた。この時間に配信してたことなんて今までなかったのに……、と思って見ていると、ソロ部隊でランクマをしてることに気がついてもっと驚いた。

「グラマスランクでソロとかすごい……！」

私はすぐに配信に見入った。ケーくんの動きはいつも以上に冴《さ》えていて、それから実況の声もいつもよりずっとずっと楽しそうで、私は一気に引き込まれる。

ピンチになったら固唾をのんで、それを切り抜けたら声を出して喜んで——

そしてついに最後の戦いになった時は、本当に息をするのも忘れてしまった。

『いよっしゃあああああああああああああっ‼』

「やったああああああああああああああああっ‼」

ケーくんがチャンピンになった瞬間、私とケーくんの声がシンクロした。なんだかうれしくて涙が出てきて、私は何度もケーくんの名前を呼んでいた。

『いやー、なんとか勝てた……。あ、今のなし。余裕だった。余裕で死にかけたわ。しばらくソロはやりたくねー。お前ら気軽に言うけどメッチャ疲れるからなこれ！』

勝利の後、ケーくんはコメントとそんな会話をしていた。私も書き込みたかったけど、普通のチャットには書き込まない約束だから無理だった。じゃあグループメッセでとも思ったけど、今はそれよりもケーくんの声を少しでも聞いておきたかった。

『ん？　なんで突発でソロランクマをやったかって？』

そんな中、ケーくんはコメントにあった疑問に答えようとしていた。

ケーくんは少しの間『うーん……』と考えた後、こう返した。

『別に、特に理由はないよ。やりたいと思ったから何も考えずに思いっきりやった。ただそれだけだ』

その言葉を聞いてドキリと胸が高鳴った。やっぱりケーくんは最高だ。いつだって私を勇気づけてくれる。私はその言葉をかみしめて、今からのライブに挑もうと思った。

だけど、ケーくんの答えはそれで終わってはいなかった。

『……好きなことを好きなように思いっきりやるってのは、もうそれだけで尊いことなんだよな。だから——……どうか安心して、がんばって……』

「えっ!?」

その続きの一言に、私は思わず声を上げた。

それはコメントへの答えには聞こえなかった。まるで誰かへの呼びかけのようで——

「あ……」

そして私は気がついた。うぬぼれかもしれない。気のせいかもしれない。でも、きっと間違っていないという確信があった。

これは、私へのメッセージだ。

「ケーくん……！　う、ぐす……っ！」

うれしかった。うれしくてうれしくて、幸せすぎて涙が出た。

どうして、どうしていつもケーくんは、こんなにも私に力を与えてくれるんだろう。

こんなことされたら、私はますますケーくんを好きになる。ますますケーくん依存症になっちゃう。……ケーくん……！　ケーくん好き……！　大好き……！

私が幸せな涙を流している間、ケーくんはコメントから『今の誰に言ってたの？』とツッコまれてたけど『誰でもいいだろ！　それより――』と無理に話題を変えていた。そんなケーくんも可愛くて、私は涙を流しながら笑ってしまった。

「おーいのぞみー、そろそろ時間――って、どうしたの⁉」

とその時、花梨《かりん》ちゃんが控室にやって来て、泣いていた私を見てギョッとしながら近づいてきた。

「な、何かあったの⁉　怪我《けが》とか病気とか……⁉」

「あ、ご、ごめん、大丈夫だから」

私は慌てて涙を拭いながら立ち上がる。花梨ちゃんは心配していたけど、私は平気平気と笑顔を見せた。心配なんていらないよ。だって今の私は、全身に力がみなぎってるみたいなんだから！

「さあ花梨ちゃん、行こっ！　今日は最高の舞台にしようね！」

「お、おお、のぞみが燃えてる……。それはいいんだけど、さっき泣いてたみたいだし、マジで何かあったんじゃないの？　悪いことではなさそうだけど」

元気いっぱいの私を見て、花梨ちゃんは不思議そうに首を傾《かし》げる。

何かあったのかって？　うん、あったよ。すごくうれしいことが。

「推しに推してもらった。だから、今の私は無敵なの。さ、行こっ、花梨ちゃん」

「え？　あ、ちょっとのぞみ」

そう言って私は控室を出てステージへと向かう。

ケーくんからもらった勇気を胸に秘めながら始まりの時間を待っていると、ふとあることが頭に浮かんできた。

それは運命のお話。ケーくんが私を推すキッカケになった出来事。

ケーくんは私が初めて作詞した曲『ＢＥＬＩＥＶＥ』を聴いて、挫折しかけていたところから立ち直ったと言っていたけど、私はそれを聞いて信じられない思いだった。

だって、私が初めて歌うことに不安を感じ始めたのは、ちょうどあの曲がリリースされた直後のことだったから。

このままでいいんだろうかって思うようになって、不安はどんどん大きくなって……。

そんな時にケーくんの配信に出会って、勇気をもらって癒《い》やされて……。

でもまさか、ケーくんに救ってもらった言葉の裏で、私の歌がケーくんを支えていたなんて思ってもいなかった。私達はお互いに支え合っていたなんて……。

運命か偶然か、そんなことはわからない。きっとそれはどうでもいいことだと思う。

大事なのは、これまでよりももっとケーくんを近くに感じられるようになったこと。

私はそっと目をつぶる。そして胸に手を当てると、そこにケーくんがいるような感覚になれた。胸がきゅうって甘く痺《しび》れて、全身が幸せに包まれる。

アイドルはみんなのために歌を歌うものだと言われた。

私もそう思ってこれまで歌を歌ってきた。

でも——

今日だけは、どうか今だけは許してほしい。

この一曲だけは、私を推してくれる人へ想《おも》いを込めて。

今日の最初の曲——ＢＥＬＩＥＶＥ。

▽

「いやー負けたわー。相手さん強かったわー」

その日の夜の定例配信、その終わり際の雑談タイムで、俺は思いっきり気の抜けた声でコメントを相手に話をしていた。

もうなんつーか、心も身体《からだ》も配信もダラダラしまくりだった。さっきまでのプレイもダラダラで、最後は普通に雑魚《ざこ》死して二着でフィニッシュだ。あー疲れた。

「仕方ないだろ、さっきのソロランクマで今日は力を使い果たしてたんだよ」

俺は『雑魚乙』『最後ぼっ立ちで草』『まあ疲れるのはわかる』とか言ってくるコメントに対して、やっぱりダラダラと適当に返していく。

悪いが、今日はいろいろ気が入ってないんだ。疲れたってのはウソじゃないが、それ以上に気になってることがあって、配信に集中できてないんだよ。

気になってることとは、もちろんゆきのことだ。

さっきのあのメッセージはちゃんと届いただろうか？　ゆきをちゃんと勇気づけることができただろうか？　そのことばっかり考えて、見事に頭をスナイパーライフルでぶち抜かれてそのまま崖下に転がっていった雑魚が俺です。

時間を確認する。そろそろライブが終わる頃かな——と、そう思っていた時だった。

「うん？」

突然見慣れないものがコメント欄に飛び込んできて、俺は一瞬面食《めんく》らう。

だけどそれがすぐに、昨日解禁したばかりのスパチャ（スーパーチャットのこと。ようするに投げ銭）だということに気がついた。

おお、誰かが初スパチャを投げてくれたみたいだ。そう思って名前と金額を確認した途端、俺はピシッと身体が硬直した。

￥50000：わんころもち――

「ん、な……!?」

……ゆ、ゆき!?　し、しかも五万円!?　これって確か上限じゃ……!?

スパチャに伴うコメントはなかった。コメ欄にはあまり書き込まない方がいいという俺の忠告を守ってのことだろうけど、それはそれとしてこの額は……！

俺があまりの金額に驚いていると、またスパチャが投げられた。しかも、今度は二つもほぼ同時にだ。

……ってこれ、芹香《せりか》の裏アカじゃねーか!?　こ、こっちは紗菜《さな》の裏アカ!?　んで両方とも同じく上限って、何考えてんだ!?

コメント欄は連続高額スパチャに盛り上がっているが、俺はいきなりの事態に言葉が出なかった。みんな、なんでいきなりこんな……。

と、とにかく今は配信中だ。じっくり驚くのは後にして、いろいろ意味不明なことがある中で、一つだけわかったことがある。

それは、ゆきにメッセージは届いたということだ。

……よかった。なんとかゆきの力になれたみたいだ。

俺はふぅ……と息を吐いて、ゲーミングチェアに身体を沈みこませる。

安心とダレた気分も相まって、頭の中が空っぽだ。でも妙に清々《すがすが》しい気分でもある。

でもしばらくして、自分のしたことがなんだか急に恥ずかしくなってきた。

学校でゆきと会う時にどうしよう。こんな気分のままあの笑顔を向けられたりしたら、
俺は今度こそ確実に限界化してしまう。そうならないためにも、今から気分を落ち着かせておかないといけない。

俺はゆきとあった時になんて言うべきか、なんてバカなことを真剣に考え始める。

でもその前に言っておくべきことがあったのを思い出した。

それは――

「……推すにしても、もうちょっと手加減はしてもらわないと」

そんなことを呟《つぶや》きながら、俺はやっぱりスパチャは切った方がいいんじゃないかと真剣に頭を悩ませるのだった。

エピローグ

「さあ、今日は好きなだけ食べてくれ。全部俺のおごりだ」

ゆきが伝説級のパフォーマンスを見せたという地方ライブを終えて戻ってきた日。

その日は休日で、俺はいつもの三人と一緒に芹香御用達《ごようたし》のスイーツカフェに来ていた。

「……そんなに食べたら太る。お兄ちゃんはぽっちゃり好き？」

「え、そうだったの!?　す、すいません、ケーキ大盛り！　生クリームマシマシで！」

紗菜の言葉に反応する芹香。そんな注文ないだろ。ここはラーメン屋か。

「ちげーよ！　お前らが無茶な金額を投げてくるから、なんとか返そうと思ってこっちは必死なんだよ！　現金で返すって言ったら絶対受け取らないって言うし……！」

俺はこめかみを押さえながら苦々しくそう言った。

そう、今日のこの集まりは、この前の高額スパチャの返金のためだったのだ。

もちろん、あんな金額を知り合いからホイホイ受け取れるわけもない。紗菜なんて妹だし、あんな無駄遣いは兄として許せん。というわけで当然返金しようと思ったわけだが、こいつらは頑として首を縦に振りやがらないんだよな……。

「だから、あれは推しに対する正当な評価なんだから、返金なんてされるいわれはないって何度も言ってるでしょ」

「……推しに投げ銭するのは当たり前」

「OK紗菜、お前のその金銭感覚を再教育するのは後回しにするとして……。そっちがその気なら、こっちだって意地でも返金してやるからな……！」

このスイーツ食べ放題はほんの手始めだ。この後も色んな品をプレゼントして、絶対スパチャの金額分は還元してやる。

「えへ、えへへへへ……」

俺がそんなよくわからないことに情熱を燃やしていると、そんなしまらない笑い声が聞こえてきた。振り向くと、ゆきがパフェを食べながら、今にもとろけそうなくらい幸せそうな顔をしていた。

……いや、ほっぺたにちょっとクリームとかつけてそれもまたすごく可愛《かわい》いんだけど、会った時からずっとこんな感じで、正直扱いに困るんだよな……。

「あんた、さっきからずっとその調子だけど、何かあったわけ？」

芹香のその当然ともいえる質問に、ゆきはえへえへ笑いながらコクンと頷《うなず》く。

「実は、ライブの時にケーくんがね」

「え、けーたろが何？」

「……お兄ちゃんが？」

俺はギクリと身体を強張《こわば》らせる。ま、まさかあのことを言い出すんじゃないだろうな？

いや、それはさすがに恥ずかしいというか……！

だが俺のそんな懸念《けねん》など知らないとばかりに、ゆきは俺の配信での言葉と、それに勇気づけられたことを語った。それはもう幸せそうに。

「な、なんですって⁉　確かにあそこ、なんかおかしいなって思ってたけど……！」

「……誰か一人にメッセージとか、配信者失格。えこひいき……！」

「い、いや、あれにはいろいろ事情が……！　ってか俺は別にアイドルじゃないんだからかまわないと思うんですけど⁉」

しかし俺の言い訳は受け入れられず、芹香も紗菜もえこひいきだえこひいきだと責め立ててくる。……ぐぬ、今回は事実だから反論できない……！

「……ケーくんケーくん」

俺がそうやって二人に追い詰められている中、ゆきはそんなことをまるで気にも留めていない様子で、弾んだ声を耳元で囁《ささや》いてきた。

「……ケーくんのメッセージ、ちゃんと届いたよ。すごくうれしかった……。あの時ほど誰かに推してもらうのが幸せだって感じたことなかった……」

その時のことを思い出すように、ゆきの声はうっとりとしていた。

「……私も同じように、ケーくんの力になりたい。ケーくんに、推されて幸せだって思ってほしいし思わせたい。だからね……」

——これからも、ケーくんを推し続けていいですか？

そう言われて、俺は思わずゆきの方を振り返る。

するとゆきは、今までで一番の笑みを浮かべていて、それがあまりにも尊すぎて——

「……こちらこそ、よろしくお願いします……」

気がつけば、俺はそんな言葉を返していたのだった。

「ああもう！　さっきからなにヒソヒソやってんのよあんた達！」

「……ズルいズルいズルいズルい……！」

と、その余韻に浸る間もなく、さらにヒートアップする芹香と紗菜。

「あ、ご、ごめんなさい！　私、これまで以上にケーくんのこと推したくなっちゃったから、つい……！」

そして謝りつつ、実質火に油を注いでしまうゆき。……ああもうどうとでもなれ。

案の定、三人はいつものごとく『誰がケイを一番推しているか』で口論を始めてしまった。こうなるともう止められない。

幸い傍目《はため》には女子が楽しそうにおしゃべりしてるくらいにしか映らないだろうが、内容が俺のことについてである以上、それを目の前で見せられているのは針の筵《むしろ》だ。

とはいえ、みんなから推されているということ自体には感謝しかない。

俺の実況配信を限界化するくらい好きになってくれて、心の支えにもしてくれているという推しアイドルのゆき。

幼馴染《おさななじみ》だということに気付きながらも、実況者としての評価をしてくれている推しVＴｕｂｅｒのマリエルさまこと芹香。

推すという形で兄の配信活動を応援し、俺もまたそのコスプレ活動を応援しているという、家族同士で推し合っている妹の紗菜。

こんなにもいろんな推しの形があるなんて、俺は今まで知らなかった。

俺はワーワーと賑《にぎ》やかに言い争う三人を眺めながら、そんな誰かを推すという気持ちの新しい側面を、これからも見つけていくんだろうかと思うのだった。

あとがき

どうも、恵比須清司《えびすせいじ》です。

今作『あなたの事《こと》が好きなわたしを推《お》してくれますか？』はいかがだったでしょうか。

タイトルから見てもわかる通り、今回のテーマは『推し』です。

アイドル、ＶＴｕｂｅｒ、コスプレイヤー……、人それぞれいろいろな推しがあると思いますが、そんな推し達がもし自分を推してくれていたら……？

そんなあられもない想像が原点となっているのがこの物語なわけですが、きっと皆さんも一度くらいはこういう妄想をしたことがあるに違いないと確信して本作品を書いた次第です。絶対に私だけじゃないはず……、そうですよね？　いやいや隠さなくたっていいじゃないですか。ほんと、マジで。

それはともかく、この作品を読んで少しでも楽しんでいただけたなら幸いです。

そして皆さんの推しリストの末席にでも本作品、ならびに本作品のヒロイン達が加えられたなら、これ以上にうれしいことはありません。

ところで『推し』っていい言葉だと思いませんか？　『好き』とはまた違う意味合いを持っていて、それでいて同じくらいポジティブさが感じられるワードですよね。

個人的なイメージとしては『好き』は心に秘める側面がある一方で『推し』は積極的に表に出していけるというか、こういう言葉が時代とともに生まれてくるというのは、とても楽しいことだと思っています。

さて、推しといえば今作品のイラストは本当に一推しです。可愛《かわい》くもありエモくもある美麗《びれい》な雰囲気が実に素晴らしい。このカバーイラストに惹《ひ》かれて本書を手に取った方も多いのではないかと思います。イラストレーターを務めていただいたひげ猫《ねこ》さん、素敵なイラストをありがとうございました。

本作品を世に出すにあたってお力添えをいただいた編集の小林さんにも感謝しています。また一緒にお仕事ができてうれしいです。この本を手に取っていただいた読者の方々にもお礼を申し上げます。新刊を出すたびに感謝に堪えません。

それでは、またお会いできる機会があることを願って――

二〇二三年四月二十六日　恵比須　清司

お便りはこちらまで

〒一〇二―八一七七
ファンタジア文庫編集部気付
恵比須清司（様）宛
ひげ猫（様）宛

富士見ファンタジア文庫

あなたの事《こと》が好《す》きなわたしを推《お》してくれますか？

令和５年６月20日　初版発行

著者――恵比須清司《えびすせいじ》

発行者――山下直久

発　行――株式会社KADOKAWA
〒102-8177
東京都千代田区富士見2-13-3
0570-002-301（ナビダイヤル）

印刷所――株式会社暁印刷

製本所――本間製本株式会社

ISBN978-4-04-075014-9 C0193　◇◇◇

学校
……じろじろ見ないで
【朗報】
俺の許嫁になった地味子、
家では可愛いしかない。
秘密の結婚生活《ラブコメ》！

ファンタジア文庫
甘えていいし？
家
著者：氷高悠
イラスト：たん旦
親同士の約束で俺に嫁（3次元）ができた!?
相手は地味で目立たない同級生・綿苗結花。
「最近の推しは誰ですか!?」「遊くん…って呼んでもいい？」
趣味もピッタリ、意気投合。
しかも、慣れたら学校では想像できないほど大胆に！
彼女の素顔と、2人だけの生活は可愛さしかない!?
クラスのあの子と

切り拓け！キミだけの王道
ファンタジア大賞
原稿募集中！
賞金
《大賞》300万円
《金賞》50万円
《銀賞》30万円
選考委員
細音啓「キミと僕の最後の戦場、あるいは世界が始まる聖戦」
橘公司「デート・ア・ライブ」
羊太郎「ロクでなし魔術講師と禁忌教典《アカシックレコード》」
ファンタジア文庫編集長
前期締切 8月末日
後期締切 2月末日
公式サイトはこちら! https://www.fantasiataisho.com/